读客当代文学文库

当代文学看读客,名家名作都在这

我胆小如鼠

余华 著

江苏凤凰文艺出版社

图书在版编目（CIP）数据

我胆小如鼠 / 余华著. -- 南京：江苏凤凰文艺出版社，2024.5（2025.7重印）
（读客当代文学文库）
ISBN 978-7-5594-8454-3

Ⅰ.①我… Ⅱ.①余… Ⅲ.①中篇小说-小说集-中国-当代 Ⅳ.①I247.5

中国国家版本馆CIP数据核字(2024)第008365号

我胆小如鼠

余华 著

责任编辑	丁小卉
特约编辑	洪子茹　李颖荷　尹开心
封面作品	《深渊集系列》（1990年，局部），©张晓刚 2024
装帧设计	章婉蓓
责任印制	杨　丹
出版发行	江苏凤凰文艺出版社
	南京市中央路165号，邮编：210009
网　　址	http://www.jswenyi.com
印　　刷	三河市中晟雅豪印务有限公司
开　　本	880毫米×1230毫米 1/32
印　　张	8
字　　数	160千字
版　　次	2024年5月第1版
印　　次	2025年7月第13次印刷
标准书号	ISBN 978-7-5594-8454-3
定　　价	49.90元

江苏凤凰文艺版图书凡印刷、装订错误，可向出版社调换，联系电话：010-87681002。

目　录

我胆小如鼠　　　　　　　001

夏季台风　　　　　　　　041

四月三日事件　　　　　　117

一个地主的死　　　　　　177

附　录　　　　　　　　　235

　我为何写作　　　　　　237

　文学中的现实　　　　　241

🎙 余华新版访谈录　　　　244

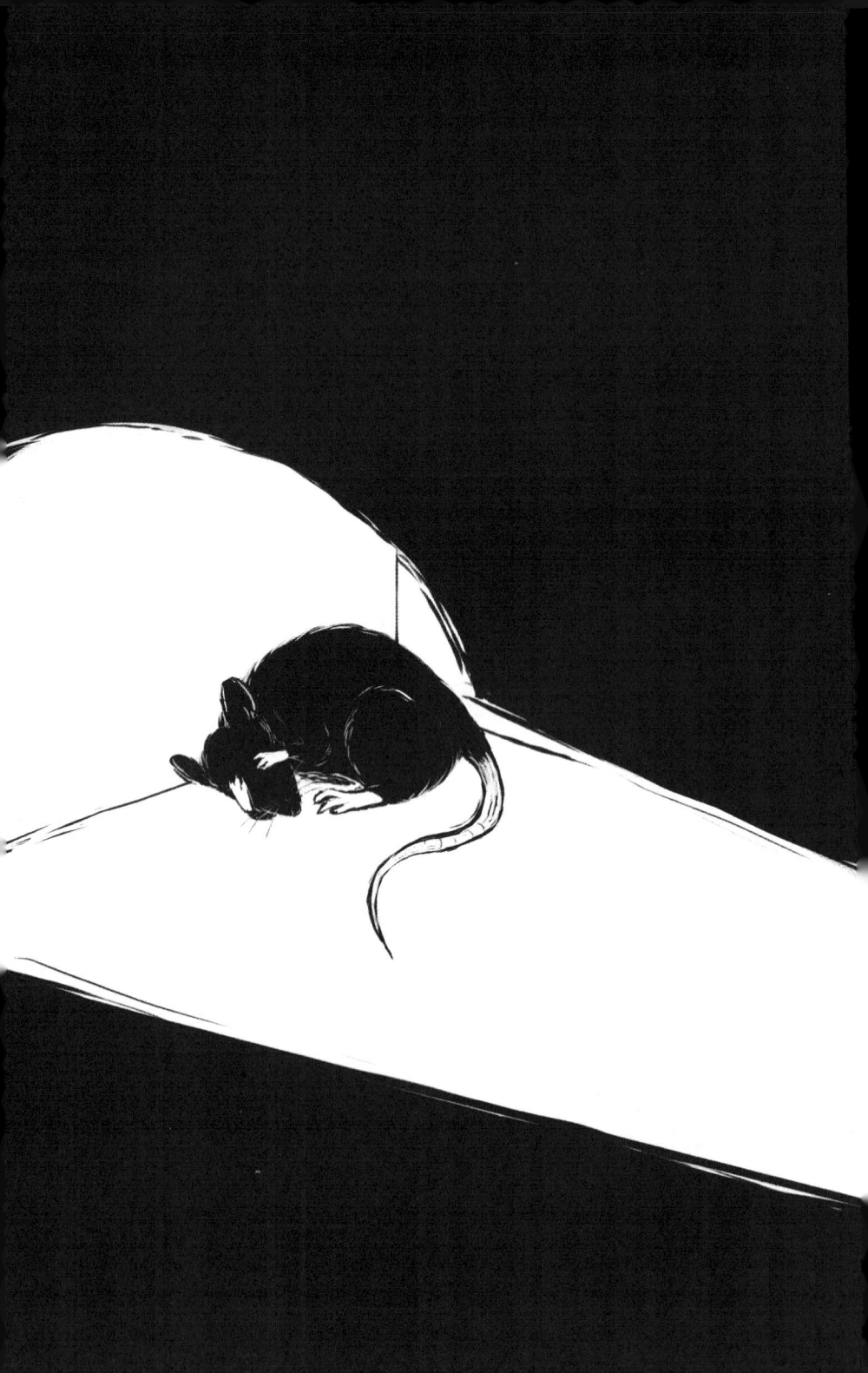

我胆小如鼠

我胆小如鼠

一

　　有一句成语叫胆小如鼠，说的就是我的故事。这是我的老师告诉我的，当时我还在读小学，我记得是在秋天的一节语文课上，我们的老师站在讲台上，他穿着藏青的卡其布中山服，里面还有一件干净的白衬衣。那时候我坐在第一排座位的中间，我仰脸看着他，他手里拿着一册课本，手指上布满了红的、白的和黄颜色的粉笔灰，他正在朗读着课文，他的脸和他的手还有他手上的课本都对我居高临下，于是他的唾沫就不停地喷到了我的脸上，我只好不停地抬起自己的手，不停地去擦掉他的唾沫。他注意到自己的唾沫正在喷到我的脸上，而且当他的唾沫飞过来的那一刻，我就会害怕地眨一下眼睛。他停止了朗读，放下了课本，他的身体绕过了讲台，来到我的面前，他伸过来那只布满粉笔灰的右手，像是给我洗脸似的在我脸上抹了一把，然后他转身拿起放在讲台上的课本，在教室里走动着朗读起来。他擦干净了我脸上的唾沫，却让我的脸沾满了红的、白的和黄颜色的粉笔灰，我听到了教室里响起嘿嘿、哑哑、咯咯、哈哈的笑声，因为我的脸像一只蝴蝶那样花哨了。

这时候我们的老师朗读到了"胆小如鼠"，他将举着的课本放下去，放到了自己的大腿旁，他说：

"什么叫胆小如鼠？就是说一个人胆子小得像老鼠一样……这是一句成语……"

我们的老师说完以后嘴巴仍然张着，他还想继续说。他说：

"比如……"

他的眼睛在教室里扫来扫去，他是在寻找一个比喻，我们的老师最喜爱的就是比喻，他说到"生动活泼"的时候，就会让吕前进站起来："比如吕前进，他就是生动活泼，他的屁眼里像是插了根稻草棍，怎么都坐不住。"他说到"唇亡齿寒"的时候，就会让赵青站起来："比如赵青，他为什么过得这么苦？就是因为他父亲死了，父亲就是嘴唇，没有了嘴唇，牙齿就会冷得发抖。"

我们的老师经常这样比喻：

"比如宋海……比如方大伟……比如林丽丽……比如胡强……比如刘继生……比如徐浩……比如孙红梅……"

这一次他看到了我，他说：

"杨高。"

我听到了自己的名字,我就站了起来,我们的老师看了我一会儿后,又摆摆手说:

"坐下吧。"

我坐了下去。我们的老师用手指敲着讲台对我们说:

"怕老虎的同学举起手来。"

班上所有的同学都举起了手,我们的老师看了一遍后说:

"放下吧。"

我们都放下了手,我们的老师又说:

"怕狗的同学举起手来。"

我举起了手,我听到了嘿嘿的笑声,我看到班上的女同学都举起了手,可是没有一个男同学举手。老师说:

"放下吧。"

我和女同学们放下了手,老师继续说:

"怕鹅的同学举起手来。"

我还是举起了手,我听到了哄堂大笑,我才知道这一次只有我一个人举起了手,这一次连女同学都不举手了。我所有的同学都张大了嘴巴笑,只有我们的老师没有笑,他使劲地敲了一会儿讲台,笑声才被他敲了下去。他的眼睛看着前面,他没有看着我,他说:

"放下吧。"

我放下了手。然后他的眼睛看着我了,他说:

"杨高。"

我站了起来,我看到他伸出了手,他的手指向了我,他说:

"比如杨高,他连鹅都害怕……"

说到这里,他停顿了一下,接着响亮地说:

"胆小如鼠说的就是杨高……"

二

我确实胆小如鼠,我不敢走到河边去,也不敢爬到树上去,就是因为我父亲在世的时候,常常这样对我说:

"杨高,你去学校的操场上玩,去大街上玩,去同学家玩,去什么地方玩都可以,就是不能到河边去玩,不能爬到树上去玩。你要是掉进了河里,你就会被淹死;你要是从树上掉下来,你就会摔死。"

于是我只好站在夏天的阳光里,我远远地看着他们,看着吕前进,看着赵青,看着宋海,看着方大伟,看着胡强,看着刘继生,看着徐浩。我看着他们在河水里,看着河水在远处蹦蹦跳跳,我看着他们黑黝黝的头和白生生的屁股,他们一个一个扎进了水里,又一个一个在水里亮出了屁股,他们把这样的游戏叫作"卖南瓜"。他们在河水里向我喊叫:

"杨高！你快下来！杨高！你快来卖南瓜！"

我摇摇头，我说："我会被淹死的！"

他们说："杨高，你看到林丽丽和孙红梅了吗？你看她们都下来了，她们是女的都下来了，你是男的还不下来？"

我果然看到了林丽丽和孙红梅，我看到她们穿着花短裤，穿着花背心，她们走进了河水里，可我还是摇摇头，我继续说：

"我会被淹死的！"

他们知道我不会下到河水里了，就要我爬到树上去，他们说：

"杨高，你不下来，那你就爬到树上去。"

我说："我不会爬树。"

他们说："我们都会爬树，为什么只有你不会爬树？"

我说："从树上掉下来会摔死的。"

他们就在河水里站成了一排，吕前进说：

"一，二，三，喊——"

他们齐声喊了起来："有一句成语叫胆小如鼠，说的是谁？"

我轻声说："我。"

吕前进向我喊叫："我们没有听到。"

我就再说了一遍："说的就是我。"

他们听到了我的声音，他们就不再站成一排了，他们回到了河水里，河水又开始蹦蹦跳跳了。我在树前坐了下来，继续看着他们在河水里嘻嘻哈哈，看着他们继续卖着白生生的屁股南瓜。

我是一个老实巴交的人，这话不是我自己说出来的，这话是我母亲说的，我的母亲经常向别人夸奖她的儿子：

"我们家的杨高是最老实巴交的，他听话，勤快，让他干什么，他就干什么。他从来不到外面去闯祸，从来不和别人打架，就是骂人的话，我也从来没有听到过……"

我母亲说得对，我从来不骂别人，也从来不和别人打架，可是别人总是要走过来骂我，要走过来和我打架。他们将袖管卷到胳膊肘的上面，将裤管卷到膝盖的上面，拦住了我，然后将手指戳在我的鼻子上，将唾沫喷在我的脸上，他们说：

"杨高，你敢不敢和我们打架？"

这时候我就会说："我不敢和你们打架。"

"那么，"他们说，"你敢不敢骂我们？"

我会说："我不敢骂你们。"

"那么，"他们说，"我们要骂你啦！你听着！你这个浑蛋！浑蛋！浑蛋！浑蛋！浑蛋！浑蛋！浑蛋还要加上王八蛋！"

就是林丽丽和孙红梅，她们是女的，就是女的也不放过我。有一次，我听到其他女的对这两个女的说：

"你们两个人就会欺负我们女的，你们要是真有本事，敢不敢去和一个男的打架?"

林丽丽和孙红梅说:"谁说我们不敢?"

然后她们就向我走了过来,一前一后夹住了我,她们说:

"杨高,我们要找个男的打架,我们就和你打架吧。我们不想两个打一个,我们一对一地打架。我们两个人,林丽丽和孙红梅,让你挑选一个。"

我摇摇头,我说:"我不挑选,我不和你们打架。"

我想走开去,林丽丽伸手拉住我,问我:

"你告诉我们,你是不和我们打架,还是不敢和我们打架?"

我说:"我是不敢和你们打架。"

林丽丽放开了我,可是孙红梅抓住了我,她对林丽丽说:

"不能就这样把他放了,还要让他说胆小如鼠……"

于是林丽丽就问我:"有一句成语叫胆小如鼠,说的是谁?"

我说:"说的就是我。"

三

我父亲在世的时候,经常对我母亲说:

"杨高这孩子胆子太小了,他六岁的时候还不敢和别人说话，到了八岁还不敢一个人睡觉，十岁了还不敢把身体靠在桥栏上，现在他都十二岁了，可他连鹅都害怕……"

我父亲没有说错，我遇上一群鹅的时候，两条腿就会忍不住发抖。我最怕的就是它们扑上来，它们伸直了脖子，张开着翅膀向我扑过来，这时候我只好使劲地往前走。我从吕前进的家门口走了过去，又从宋海的家门口走过去，还走过了方大伟的家，走过了林丽丽的家，可是那群叫破了嗓子的鹅仍然追赶着我，它们嘎嘎嘎嘎地叫唤着，有一次跟着我走出了杨家弄，走完了解放路，一直跟到了学校，它们嘎嘎叫着穿过了操场。我看到很多人围了上来，我听到吕前进他们向我喊叫：

"杨高，你用脚踢它们！"

于是我回过身去，对准了中间的那一只鹅，软绵绵地踢了一脚，随即我看到它们更加凶狠地叫着，更加凶狠地扑了上来。我赶紧转过身来，赶紧往前走去。

吕前进他们喊着："踢它们！杨高，你踢它们！"

我急促地走着，急促地摇着头，急促地说："它们不怕我踢。"

吕前进他们又喊道："你拿石头砸它们！"

我说："我手里没有石头。"

他们哈哈笑着，他们说："那你赶快逃跑吧！"

我还是急促地摇着头，我说："我不能跑，我一跑，你们就会笑我。"

他们说:"我们已经在笑你啦!"

我仔细地去看他们,我看到他们嘴巴都张圆了,眼睛都闭起来了,他们哈哈哈哈地笑,身体都笑歪了。我心想,他们说得对,他们已经在笑我了。于是我甩开了两条腿,我跑了起来。

"事情坏就坏在鹅的眼睛里,"我的母亲后来说,"鹅的眼睛看什么都要比真实的小,所以鹅的胆子是最大的。"

我的母亲还说:"鹅眼睛看出来,我们家的门就像是一条缝,我们家的窗户就像是裤裆的开口,我们家的房子就像鸡窝一样小……"

那么我呢?到了晚上,我一个人躺在床上的时候,常常想着自己在鹅的眼睛里有多大。我心想,自己最大也就是另一只鹅。

四

我小时候,常常听到她们说我胆小的事,我所说的她们是吕前进的母亲和宋海的母亲,还有林丽丽的母亲和方大伟的母亲。她们在夏天的时候,经常坐在树荫里,说些别人家的事。她们叽叽喳喳,她们的声音比树上的知了叫的还要响亮。她们说着说着就会说到我头上,她们说了我很多怎么胆小的事,有一次她们还说到了我的父亲,她们说我父亲也和我一样胆小怕事。

我听到这样的话以后，心里很难受，一个人坐到了门槛上。我听到了以前不知道的事，她们说我父亲是世上将汽车开得最慢的司机，她们说谁也不愿意搭乘我父亲的卡车，因为别的司机三小时就会到的路程，我父亲五个小时也到不了。为什么？她们说我父亲胆小，说我父亲将车开快了会害怕。害怕什么？害怕自己会被撞死。

吕前进他们看到我一个人坐在门槛上，就走过来，站在我的面前，他们笑着说：

"你父亲就是胆小，和你一样胆小，你的胆小是遗传的，是从你父亲那里继承的，你父亲是从你爷爷那里继承的，你爷爷是从爷爷的爷爷那里继承的……"

他们一直说出了我祖先的十多个爷爷，然后问我：

"你父亲敢不敢闭上眼睛开车？"

我摇摇头，我说："我不知道，我没有问过。"

吕前进就说他的父亲能够一口吞下一头约克猪，吕前进的父亲是杀猪的，他对我说：

"你自己长着眼睛，你也看到我父亲长得比约克猪还要壮。"

宋海的父亲是一个外科医生，宋海说他父亲经常自己给自己动手术，宋海说：

"我经常在半夜醒来，看到我父亲坐在饭桌旁，低着头，嘴里咬着手电,手电光照着肚子,自己给自己缝肚子。"

还有方大伟的父亲,方大伟说他父亲能够一拳把墙打穿。就是刘继生的父亲,瘦得身上都看不到肉,一年里面有半年时间是躺在医院里,刘继生也说他能将铁钉咬断。

"那么你的父亲呢?"他们问我,"你的父亲又有什么本领?你的父亲敢不敢闭上眼睛开车?"

我还是摇摇头:"我不知道。"

他们就说:"你快去问问你的父亲。"

他们走开后,我一直坐在门槛上,我在等着我父亲回来。到了傍晚,我母亲先回来了,她看到我坐在门槛上发呆,她问:

"杨高,你在干什么?"

我说:"我坐在门槛上。"

"我知道你坐在门槛上,"我母亲说,"我是问你坐在门槛上干什么?"

我说:"我在等父亲回来。"

我母亲开始做晚饭了,她从水缸里舀出水来淘米,她说:

"你快进来,你帮我把菜洗了。"

我没有进去,我仍然坐在门槛上,我的母亲叫了我很多次。我还是坐在门槛上,一直坐到天黑。我的父亲回来了,他的脚步慢吞吞的,在黑暗的路上响了过来,然后在拐角的地方出现。他手里提着那个破旧的皮包,他把自己的黑影子向我移过来。我看到家里的灯光照到了他的脚,灯光从他的脚上很快升起，升到胸口后，他站住了。他低下头来，他的头仍然在暗中，他问我：

"杨高，你在这里干什么？"

我说："我在等你回来。"

我站了起来，和我父亲一起走进了屋子。我父亲在椅子里坐了下来，他将右胳膊放在桌子上，他的眼睛看着我，这时候我问他了，我说：

"你敢不敢闭上眼睛开车？"

我父亲看着我笑了，他摇摇头，他说：

"不能闭上眼睛开车。"

"为什么？"我说，"你为什么不闭上眼睛开车？"

"如果我闭上眼睛开车，"我父亲说，"我会被撞死的。"

五

我母亲说得对，我是一个老实巴交的人，我现在有了一份很好的工作，我在一家机械厂当清洁工。我和吕前进在同一家工厂的同一个车间，他是钳工，他的手上全是油腻，衣服上也是，可是他很高兴，他说他干的是技术活，他看不上我的工作，他说我的工作没有技术含量。我的工作确实没有技术含量，我的工作就是拿着一把扫帚将车间里的水泥地扫干净，我没有技术，可是我的手上和衣服上也没有油腻。而吕前进的指甲黑乎乎的，从进入工厂以来，吕前进的指甲一直就是这么黑乎乎的。

其实刚进工厂的时候，吕前进是清洁工，我才是钳工。吕前进不愿意当清洁工，就拿着一把锉刀去找厂长，他把锉刀插在厂长的桌子缝里，说他不愿意干清洁工，他要换一份工作。于是我和吕前进换了一下，他成了钳工，我成了清洁工。吕前进成了钳工以后，就将那把锉刀给了我，他让我把锉刀也插到厂长的桌子缝里。我问他：

"为什么？"

他说："你把锉刀一插，你就能不当清洁工了。"

我又问他："你为什么不让我当清洁工？"

"你他妈的真是一个笨蛋。"他说，"清洁工是最低贱的活，难道你还不知道？"

我说："我知道，我知道你们都不愿意干清洁工。"

他伸手推我，他说："你知道了就行，你快去吧。"

他把我推出了车间，我向前走了几步，又转身回到了车间，吕前进挡住了我，他说：

"你怎么又回来了？"

我说："我要是把锉刀插在厂长的桌缝里，厂长还是要我干清洁工，我怎么办？"

"不会！"吕前进说，"你把锉刀这么一插，厂长心里就害怕，厂长一害怕，就会让你重新干钳工。"

我摇摇头，我说："厂长不会这么快就害怕的。"

"怎么不会？"吕前进双手推着我说，"我不是让他害怕了吗？"

"他是怕你，"我说，"可是他不会怕我。"

吕前进仔细地看了我一会儿，然后他缩回了双手，他说：

"你说得对，厂长不会怕你的，谁他妈的都不会怕你，你他妈的生来就是扫地的命。"

吕前进也说得对，我生来就是扫地的命，我喜欢扫地，我喜欢将我们的车间打扫得干干净净，我喜欢拿着一把扫帚在车间里走来走去，就是坐下来休息的时候，我也喜欢抱着那把扫帚。车间里的人经常对我说：

"杨高，你抱着扫帚的时候，像抱着个女人。"

我知道他们是在笑话我，我不在乎，因为他们经常笑话我。我都不知道他们为什么这样喜欢笑我。我扫地的时候，他们会看着我哈哈地笑；我走路的时候，他们会指着我哈哈地笑；我上班来早了，他们要笑我；我下班走晚了，他们也会笑我。其实我每次上班和下班都是看准了时间，都是工厂规定的时间，可是他们还是要笑我，他们笑我是因为他们总是上班迟到，下班早退。有一次，吕前进对我说：

"杨高，别人都迟到早退，你为什么要准时上班、准时下班？"

我说:"因为我是一个老实巴交的人。"

吕前进看着我摇起了头,他说:"你太胆小了。"

我觉得自己不是胆小,我觉得自己是喜欢这份工作。吕前进不喜欢他的工作,不喜欢他用锉刀换来的有技术含量的钳工工作,所以他每天上班来得很晚,不仅来得很晚,还经常抱着破席子到车间的角落里睡觉。有时候宋海和方大伟他们来玩——他们也是在上班的时候溜出来的——他们看到吕前进睡在破席子上鼾声阵阵,就把他叫醒了,对他说:

"你他妈的真是舒服,上班的时候还能睡觉,你干脆把家里的床搬来吧。"

这时吕前进就会揉着眼睛嘿嘿地笑,问他们:

"你们今天不上班?"

方大伟他们说:"我们上班,我们是溜出来的。"

吕前进就说:"这不一样吗?你们他妈的也很舒服。"

然后,方大伟他们把我叫了过去,他们对我说:

"杨高,我们每次来都看到你在扫地,你什么时候也像吕前进那样躺在破席子上睡觉?"

我摇摇头,我说:"我不会睡觉的。"

"为什么?"他们问。

我抱着扫帚说:"我喜欢自己的工作。"

他们听了这话以后哈哈哈哈地笑了起来,他们觉得很奇怪,他们说:

"这世上竟然还有人喜欢扫地！"

我自己不觉得奇怪，因为我确实喜欢将车间打扫得干干净净，我还将车间里所有的机器都擦得干干净净的。我们的车间因为有了我，成了厂里最干净的车间。其他车间的人都想把我要过去，可是我们车间的人不答应。全厂的人都知道这些事，就是外面的人也知道，连我过去的同学林丽丽和孙红梅也知道，她们有一次对我说：

"杨高，你是你们厂里工作干得最好的人，可是每次涨工资，每次分房子，都轮不到你……你看看那个吕前进，上班就是去睡觉，可是涨工资有他，分房子也有他，什么活他都不干，什么好处却都有他的份……"

我对她们说："我不能和吕前进比，吕前进是个有办法的人，我不行，我什么办法都没有。"

她们说："吕前进会有什么办法？还不是拿着把刀子去吓唬你们的厂长。"

她们没有说对，吕前进从来没有用刀子去吓唬我们的厂长，除了刚进工厂的时候拿过锉刀，后来他就什么都不拿了。他听说厂里要给少数工人涨工资了，就空着两只手去了，他到厂长的办公室去上班，他不再到我们的车间里来上班了。他每天进了厂长的办公室，就在厂长的椅子里坐下来，喝着厂长的茶，抽着厂长的香烟，没完没了地和厂长说话。直到有一天，厂长对他说：

"吕前进,这一次涨工资的名单批下来了,上面有你的名字。"

吕前进就回到我们车间来上班了。吕前进一回来,车间角落里的那张破席子上就不会空着了,就会整天有一个人躺着睡觉了。

吕前进的工资涨了一次又一次,我的工资还是一点儿都没有动,吕前进就教育我,他说:

"杨高,你想想,刚进工厂的时候,我们两个人的工资一样多,这么多年下来,我天天睡觉,你天天干活,到头来我的工资还比你多,你知道这是为什么吗?"

我问他:"为什么?"

他说:"这就叫饿死胆小的,撑死胆大的。"

我不同意他的话,我摇着头对他说:

"我不去找厂长,不是因为我胆小,是我觉得自己挣的工资够用了,所以我不怕自己的工资比你少。"

吕前进听我这么说,嘿嘿地笑了很久,他说:

"世上还有你这样的人。"

吕前进是我的好朋友,他经常在心里想着我。厂里盖成了一幢新楼后,吕前进又来对我说:

"杨高,你看到了吗,厂里那幢新楼总算盖成了,他妈的盖了都有三年了。我们要去找厂长,要让他给我们分配新房子。你要知道,这一次的房子分配后,厂里十年内不会再盖新楼了，所以拼了命也要去争一套房子过来。"

我问他："怎么个拼命？"

他说："从今天起，我要到厂长家去睡觉了。"

吕前进说到做到，这一天到了天黑，他就抱着一床被子，嘻嘻笑着去了厂长的家。吕前进在厂长家里只睡了三个晚上，就把新房子的钥匙拿到了手里，他将钥匙在我眼前晃来晃去，他说：

"你看到了吗，这叫钥匙！这是新房子的钥匙！"

我把吕前进的钥匙拿过来，仔细看了看，真是一把新钥匙，我问他：

"你抱着被子去厂长家睡觉，厂长怎么说？"

"厂长怎么说？"吕前进想了想后摇摇头，他说，"我忘了他怎么说了，我只记得自己对他说，我们家的房子太小了，我在家里没地方睡觉了，所以就搬到你这里来睡……"

我打断他的话，我说："你家里的房子比谁家的都要大，你怎么会没有地方睡觉？"

"这就叫策略。"吕前进说，"我这么说，就是要告诉厂长，如果他不给我新房子，我就要在他的家里住下去了。其实他也知道我家的房子大，可他还是给了我这把钥匙。"

接着，吕前进又对我说："杨高，我教你一个办法，从今天起，你就把车间里每天扫出来的垃圾倒在厂长家门口，不出三天，厂长就会将一把新钥匙送到你的手里。"

说着,他把自己的钥匙送到我的眼前:"和我这把钥匙一模一样地新。"

我摇摇头,我说:"我家的房子虽然不大,我和我母亲住得还是很宽敞,我不需要新房子。"

吕前进听到我这样说,就拍拍我的肩膀嘿嘿地笑,他说:

"你还是胆小,你和你父亲一样。"

六

他们都说我的父亲胆小,说我父亲从来不敢对别人发脾气,就是高声说话的时候都没有;而别人却可以把手指伸到我父亲的鼻尖上,可以一把抓住我父亲胸口的衣服,可以对我父亲破口大骂,而我的父亲总是一句话都不说。他们还说我父亲看到谁都要点头哈腰,就是遇上一个要饭的乞丐,我父亲也会对他满脸笑容。他们说如果换成别人,早把那个乞丐从门口一脚踢出去了,可是我父亲却又是给他吃,又是给他喝,还要在脸上挂满笑容。他们说了很多我父亲胆小的事,说到最后,他们连我父亲不抽烟不喝酒的事都说了。

可是他们不知道我父亲坐在卡车里时的神气,当我的父亲向那辆解放牌卡车走去的时候,我父亲的脚步要比往常响亮,我父亲的胳膊也甩得比往常远。他打开车门,坐到车里,他慢吞吞地戴上一副白纱手套，他将戴上手套的手放在了方向盘上，他的脚踩住了油门，然后我父亲将那辆解放牌卡车开走了。

他们说我父亲从来不敢骂别人，连自己的女人和孩子都不敢骂。他们没有说错，我的父亲从来没有骂过我的母亲，也没有骂过我，可是当我父亲坐在卡车里的时候，当他开着卡车在道路上奔跑的时候，他常常会将头伸出窗外，对着外面行走的人吼叫一声：

"你找死！"

那时候我就坐在父亲的身边，我看着树叶和树枝在车窗外闪闪而过，看着前面的道路在阳光里耀眼地亮过去，道路两旁出现的行人全在我的下面。当他们中间有一个试探着想横穿道路时，我的父亲就会向他吼叫：

"你找死！"

我父亲吼完以后，就会扭过头来看我一眼。我看到父亲的眼睛闪闪发亮，这时候我父亲神气十足，他对我说：

"杨高，你注意看着，下一次让你来喊。"

于是我睁圆了眼睛，看着前面道路上的行人。当看到前面有一个人想横穿过去，又退回到路边时，我就双手抓住卡车的窗框，我的嘴巴张了张，可是我没有声音，我害怕了。

我父亲说："不用怕，他追不上我们的卡车。"

我看着我们的卡车呼呼地驶了过去，那个人在后面很快就变小了。我知道父亲说得很对,在路上的人追不上我们,我可以大着胆子向他们吼叫。我就再次抓住窗框,仔细地看着道路上行走的人,当又有一个人想横穿道路时,我突然浑身发抖了,我对着他软绵绵地喊出了一声:

"你找死!"

我父亲说:"太小了,你的声音太小了。"

从反光镜里,我看到卡车很快地将那个人甩远了,我就使足了劲喊道:

"你找死!"

然后我靠在车椅上,我累得一点儿力气都没有了,我看到父亲握着方向盘哈哈地笑着,过了一会儿我也笑了。

七

我喜欢和吕前进在一起,因为吕前进胆大,他比赵青、宋海、方大伟、胡强、刘继生和徐浩他们都要胆大,虽然他长得最瘦小,可是他最胆大。我经常在心里想,吕前进的眼睛是不是也和鹅的眼睛一样,谁在他的眼里都比他更瘦小,所以他谁都不怕。他的脸上有三道刀痕,都是他自己用菜刀划出来的。他打架打输了就跑回家,拿起家里的菜刀再追出去,追上那人后,他先在自己脸上划一刀,然后挥起菜刀就去劈那人,那人就怕他了。

后来，宋海他们说："谁都不愿意拿刀割自己的脸，只有吕前进愿意，所以谁都怕他。"

我问过吕前进，我说："你为什么要先在自己脸上划一刀？"

吕前进说："我这是告诉对方，我不要命了。这叫胆小的怕胆大的，胆大的怕不要命的。"

于是我知道吕前进比胆大的人还要胆大，他是不要命的，我问他：

"不要命的人又怕什么？"

他说："不要命的人就什么都不怕了。"

这一次他没有说对，其实不要命的人也会有害怕的时候，吕前进就是这样。这一天晚上，已经很晚了，我和吕前进都上夜班。我先从厂里出来，我走到了一条没有路灯的街上，天上下雨了，我就站到屋檐下躲雨，我在黑暗里站了十多分钟，听到有人走过来的脚步声。因为太黑，我看不清是谁，只是模模糊糊地看到一个很矮的身影，走近了我才看到那人披着一件衣服，弯着身体走来。那人从我身边走过去的时候，咳嗽了起来，我就立刻知道他是谁了，他是吕前进。吕前进因为感冒，已经咳嗽了一天，他咳嗽的时候比呕吐还要难听，嗓子眼里像是被沙子堵住似的，他"哦啊哈哦哦啊啊"地从我身边走了过去。

这时候我已经在黑乎乎的屋檐下站了十多分钟了,雨虽然没有淋着我的脸,可是把我的鞋完全淋湿了。这时候吕前进从我身边走了过去,我立刻高兴地跑了上去,从后面一把抱住了他。我感到吕前进的身体一下子缩紧了,然后我听到了他的失声惊叫:

"我是男人!我是男人!我是男人!"

我从来没有听到过这样的叫声,像公鸡的啼鸣。这声音一点儿都不像是吕前进的,吕前进从来没有用这样的声音说过喊过。吕前进挣脱了我的手,拼命地跑了起来,没一会儿他就跑到了另一条街上。他这么快就跑掉了,我都来不及告诉他我是杨高。我的手刚抱住他,他就惊叫起来,把我都吓一跳,等到我回过魂来时,他已经跑得没有踪影了。

这天晚上,我一直不明白他为什么要喊"我是男人",我知道吕前进是一个男人,就是不知道他为什么要这样喊叫。其实他不叫,我也知道他是男人。到了第二天,在宋海的家里,我和吕前进、赵青、宋海、方大伟、胡强、刘继生、徐浩他们坐在一起的时候,我才知道吕前进为什么要这样喊叫。

那时候,吕前进坐在我的对面,抽着香烟喝着茶,他对我们大家说:

"我昨天晚上遇上了一个强奸犯,想强奸我……"

宋海问他:"一个女的想强奸你?"

"男的。"吕前进说,"他把我当成女的了……"

"他怎么会把你当成女的?"他们问他。

"我披了一件花衣服。"吕前进说,"我下班的时候下雨了,我就拿了我们车间一个女工的外衣,披在头上,刚走出工厂,走到学军路上。他妈的那路上一盏灯都没有,我刚走到学军路上,那个强奸犯就从后面扑了上来,抱住了我……"

这时我高兴地叫了起来:"所以你就喊:'我是男人!'原来你披了一件女人的衣服……"

他们打断我的话,问吕前进:"他抱住了你,你怎么办?"

吕前进看看我,对他们说:"我抓住他的两只手,一弯腰,一个大背包把他摔在了地上……"

"然后呢?"

"然后……"吕前进又看看我,他继续说,"我用脚踩住他的嘴巴,我告诉他:我是男人……"

听到吕前进这样说,宋海他们都转过头来看看我,他们似乎想起了我刚才的话,宋海指着我说:

"他刚才好像说过什么?"

我就又笑了,他们又去问吕前进:"然后呢?"

"然后……"吕前进眼睛看着我,继续说,"我给了他三脚,又把他拉起来,给了他三个耳光,然后……然后……"

吕前进看到我笑得越来越高兴,就向我瞪圆了眼睛,他说:

"杨高,你笑什么?"

我说:"其实我不知道你披了一件女人的衣服,天那么黑,根本看不清你披什么衣服。"

我看到吕前进的脸变青了,这时候宋海他们全看着我了,他们问我:

"你刚才说什么?"

我指着自己的鼻子,对他们说:"昨天晚上抱住他的就是我。"

他们听了我的话以后都怔住了,我看着吕前进,继续说:

"你昨天晚上跑得真快,我还来不及告诉你我是杨高,你就跑得没有踪影了。"

我看到吕前进铁青着脸站了起来,他走到我面前,挥起手啪啪给了我两个耳光,打得我头晕眼花。紧接着他抓住了我胸口的衣服,把我从椅子里拉了起来,先是用膝盖撞我的肚子,把我肚子里撞得翻江倒海似的难受,然后他对准我的胸口狠狠地打了一拳,那一刻我的呼吸都被打断了。

八

后来,我从地上爬了起来,走出了宋海的家,沿着解放路慢慢地往前走,走到向阳桥上,我站住了脚,靠在了桥栏上。中午的阳光照得我睁不开眼睛,我身上的疼痛还在隐隐约约地继续着，我听到轮船在桥下过去了，发出将河水划破后的哗哗的响声。我想起了我的父亲，我十二岁那年死去的父亲，我父亲死去的那年夏天和那年夏天的那辆解放牌卡车，还有那辆破旧的拖拉机。

我的父亲让我坐到了他的卡车里，他要带我去上海，去那个很大的城市。我父亲的卡车在夏天的道路上奔跑，被阳光照热了的风让我的头发在驾驶室里飘扬着，让我的汗衫哗啦哗啦地响着，我对我的父亲说：

"你闭上眼睛吧。"

我的父亲说："不能闭上眼睛开车。"

我说："为什么？你为什么不闭上眼睛开车？"

我的父亲说："你看到前面的拖拉机了吗？"

我看到前面有一辆拖拉机，正慢吞吞地向前开着，拖拉机后面的车斗里坐着十来个农民，他们都赤裸着上身，他们的身体像泥鳅一样地黝黑，也像泥鳅一样闪闪发亮。我说：

"我看到了。"

我父亲说："如果我闭上眼睛开车，我们就会撞在前面的拖拉机上，我们就会被撞死。"

"我只要你闭上一小会儿，"我说，"你只要闭上一小会儿，我就可以去和吕前进他们说了，说你敢闭着眼睛开车。"

"那我就闭上一小会儿吧，"我的父亲说，"你看着我的眼睛，我数到三就闭上，一，二，三……"

我父亲的眼睛终于闭上了,我亲眼看到他闭上的,他闭上了一小会儿,当他睁开眼睛的时候,我们的卡车快要撞上前面的拖拉机了。拖拉机正惊慌地向左逃去,我父亲使劲将方向盘向右转去,我们的卡车从拖拉机的右边擦了过去。

我看到拖拉机车斗里像泥鳅一样黝黑的人,都向我们伸出了手,我知道他们是在骂我们,于是我父亲伸出头去,对着他们喊叫:

"你们找死!"

然后我父亲转过头来,对我得意地笑了起来,我也跟着父亲一起笑了。我们的卡车继续在夏天的道路上奔跑,树叶和树枝在我的眼前一闪一闪地过去了,我看到田野里的庄稼一层一层地铺展开,我还看到了河流弯弯曲曲,看到了房屋,看到了田埂上走动的人。

可是我父亲的卡车抛锚了,我父亲下了车,将前面的车盖打开,他开始修理起他的解放牌卡车。我仍然坐在驾驶室里,我想看着父亲,前面支起的车盖挡住了我的眼睛,我没有看到父亲,我只听到他修车时的声响,他在车盖下面不停地敲打着什么。

过了很久,我父亲从车头跳到了地上,他盖上车盖,走到我旁边,从我的座位下面拿出了一块布,他擦着手上的油污,走到了卡车的另一边。当他拉开车门,准备上来时,刚才那辆拖拉机驶过来了,拖拉机驶到我们前面停了下来,车上像泥鳅一样黝黑的人全跳下了拖拉机,他们向我们走过来。

我父亲的手拉着车门,看着他们走到我们面前,他们的手抓住了我父亲胸前的衣服,起码有三只手同时抓住了我父亲,我听到他们问我父亲:

"是谁想找死?是你,还是我们?"

我父亲什么话都没说,他被他们拉到了道路的中间。我看到他们的手伸进了我父亲的口袋,他们把我父亲的钱摸出来后,放进了自己的口袋,然后他们的拳头打在了我父亲的脸上。他们十多个人一起打我的父亲,他们把我的父亲打在了地上。

我在车上哇哇地哭,我看不到自己的父亲,他们围住了我的父亲。我在车上响亮地哭,他们在下面用脚踢我的父亲,他们踢了一阵,开始散开来,我才看到自己的父亲,他蜷缩着躺在地上,像是抱住了自己。我拼命地哭着,我看到他们中间有四个人拉开了裤裆,他们对着躺在地上的我父亲撒尿了,他们把尿撒在我父亲的脸上、我父亲的腿上和我父亲的胸口。我号啕大哭,在模糊的泪水里,我看到他们走向了拖拉机。他们走上了拖拉机,拖拉机突突突突地响了起来,他们的拖拉机向前驶去了。

我还是号啕大哭,我看到自己的父亲从地上慢慢地爬了起来,我父亲爬起来以后稍稍站了一会儿,我看到父亲歪着身体在那里站着。我哭得死去活来,我父亲转过身来了,他走到车旁,拉开了车门,我看到父亲脸上的血和尘土粘在了一起,他的头发和衣服都湿了,他喘着气爬进了车里。我哭得身体一抖一抖的,我父亲伸过来他的手,他用他油腻的手擦我的脸,他的手一直轻轻地擦着我的脸,一直把我脸上的泪水擦干净。然后他的手放在了方向盘上,他看着前面驶去的拖拉机,他看了一会儿,从脚旁拿出了他的茶缸,他把茶缸递给我,他对我说:

"杨高,我口渴,你到河边去舀一杯水来。"

我呜咽着接过了父亲手里的茶缸,我打开车门,从车上爬了下去,我向河边走去。我回头看了一眼我的父亲,我看到他正看着我,我看到他眼睛里流出了眼泪,我走到了河边。

当我舀满了一缸水站起来的时候,我父亲的卡车开动了,我拼命地向路上跑去,我把茶缸里的水都泼在了地上,可是我父亲的卡车开走了。我站在道路上哇哇地哭,我对着驶去的卡车哇哇地叫,我向我父亲喊叫:

"你不要丢下我!你不要丢下我!"

我哭喊着向前跑去,我以为父亲不要我了,我以为父亲要把我扔掉了。我父亲将卡车开得飞快,我看到父亲的卡车追上了那辆拖拉机,然后我听到了一声巨响,我看到父亲的卡车撞到了拖拉机上,我看到前面扬起了一团巨大的尘土,一股黑烟从扬起的尘土里升了起来。

我站住了脚,我在那里站了很久,然后我才向前走去,我看到很多汽车驶到那里后都停了下来，车上的人都跳下了车，都围在了那里。我一直向那里走着，那里离我很远，等我走到那里时，天都快黑了，我走到父亲的卡车旁，我看到父亲的车头被撞进去了，父亲的车门也被撞歪了。我的父亲扑在方向盘上，他的头上全是破碎了的玻璃，方向盘刺破了我父亲的衣服，刺进了我父亲的胸膛。我父亲死了，他自己的血把他全身涂红了。我看到拖拉机上的那些人全被抛到了地上，有几个一动不动，有几个躺在那里哼哼地叫着。我还看到了满地的麻雀，像庄稼一样密密麻麻，我知道它们是被那一声巨响给震死的。它们本来在树上，它们本来高高兴兴的，可是我父亲的卡车突然撞到了拖拉机上，它们就这样突然死去了。

九

我离开了向阳桥，回到家中，我的母亲没有在家里，她早晨洗了的衣服晾在窗前的竹竿上，我看到衣服已经干了，就把衣服收下来，叠好后放进了衣柜。接着我将母亲早晨扫过的地重新扫了一遍，将母亲早晨擦过的桌子重新擦了一遍，将母亲已经摆好的鞋子重新摆了一遍，又将母亲杯子里的水加满了。然后我拿起了厨房里的菜刀，我走出了家门。

我提着菜刀向吕前进的家走去，走过宋海的家门口时，宋

海叫住了我,他说:

"杨高,你要去哪里?你手里拿着菜刀干什么?"

我说:"我要去吕前进的家,我手里的菜刀是要去劈吕前进的。"

我听到宋海哈哈哈哈地笑了起来,我听到他在后面说:

"方大伟,你看到了吗,你看到杨高手里的菜刀了吗?他说他要去劈吕前进。"

我看到方大伟正向我走过来,他听到了宋海的话,他站住了脚,问我:

"你真要去劈吕前进?"

我点点头,我说:"我真的要去劈吕前进。"

我听到方大伟也哈哈地笑了起来,他的笑声和宋海一模一样,他对宋海说:

"他说真的要去劈吕前进。"

宋海说:"是啊,他是这么说的。"

我听到他们两个人一起哈哈地笑了,他们跟在了我的后面,他们说要亲眼看着我把吕前进劈了。于是我在前面走,他们在后面走,我们走过刘继生的家门口时,宋海和方大伟喊了起来:

"刘继生!刘继生!"

刘继生出现在门口,看着我们说:"叫我干什么?"

宋海和方大伟对他说:"杨高要去把吕前进劈了,你不想去看看热闹？"

刘继生奇怪地看着我，他问我："你要去把吕前进劈了？"

我点点头，我说："是的，我要去把吕前进劈了。"

刘继生也和宋海他们一样地笑了起来，他又问我："你是想把吕前进劈死呢，还是劈伤？"

我说："就是不劈死，也要把他劈成个重伤。"

他们三个人听到我这样说，立刻捧着肚子大笑起来。我不知道他们为什么要笑成这样，我对他们说：

"怎么说吕前进也是你们的朋友，我要去劈他了，你们还这么高兴。"

我说完后，他们笑得蹲到了地上，我听到他们的笑声变成了"吱吱吱吱"，像蟋蟀的叫声。我不再理睬他们，我一个人往前走去，走过胡强的家门口时，我听到宋海他们又在后面喊叫了：

"胡强！胡强！胡强！"

我才知道他们又跟在我的身后了，于是当我来到吕前进家门口时，我的身后就有五个人了，他们是宋海、方大伟、刘继生、胡强和徐浩，他们哈哈笑着把我推进了吕前进的家。

那时候吕前进正坐在桌子旁吃着西瓜，他手里捧着一片西瓜，脸颊上沾着西瓜子，他抬起头来看着我们，他看到了我手里的菜刀，他嘴里咀嚼着西瓜，嘟囔道：

"拿着菜刀干什么？"

宋海他们笑着对他说："杨高要用菜刀来劈你啦！"

吕前进睁大了眼睛，他看看我，又看看宋海他们，他说：

"你们说什么？"

宋海他们哈哈地笑，哈哈地说："吕前进，你死到临头了还在吃西瓜，你再吃也没有什么用了，你吃下去的西瓜都来不及变成大便了，你就要死啦，你没有看到杨高手里拿着菜刀吗？"

吕前进放下了手里的西瓜，伸手指指我，又指指他自己的鼻子，然后他说：

"你们说他要来劈我？"

宋海他们一起点起了头，他们说："对！"

吕前进用手抹了一下自己的嘴，他再次指着我对他们说：

"你们说杨高要用菜刀来劈我？"

宋海他们又一起点起了头，他们说："对啊！"

吕前进看看我，接着和宋海他们一起哈哈哈哈笑了起来。这时候我说话了，我说：

"吕前进，刚才你打了我，你打了我的脸，打了我的胸膛，还用脚踢我的肚子，踢我的膝盖，让我的脸、我的胸膛、我的肚子、我的膝盖一直疼到现在。刚才你打我的时候，我一直没有还手，我没有还手不是因为我怕你，是因为我不知道该怎么办，现在我知道该怎么办了，我要以牙还牙！我要用这把菜刀把你劈了！"

我将手里的菜刀举起来,我让吕前进看清楚了,也让宋海他们看清楚了。

吕前进和宋海他们看着我手里的菜刀,张大了嘴巴,发出了哈哈的笑声。我心想,这是怎么回事?他们为什么要哈哈大笑?我就问他们,我说:

"你们笑什么?你们为什么这样高兴?吕前进你为什么也在笑?宋海他们笑我还弄得明白,你也笑我就不懂了。"

我看到他们笑得更加响亮了,吕前进笑得扑在了桌子上,宋海和方大伟站在他的身旁,他们两个人都是一只手捧着自己的肚子,另一只手使劲地拍着吕前进的肩膀。他们的笑声把我的耳朵震得嗡嗡直响,我举着菜刀站在那里,我不知道该怎么办。我一直看着他们笑,看着他们渐渐地止住了笑声,看着他们抬起手擦起了眼泪。然后我看到宋海把吕前进的头按在了桌子上,宋海对吕前进说:

"你把脖子给杨高。"

吕前进把头直了起来,他推开了宋海,他说:

"不行,我怎么能把脖子给他。"

宋海说:"你把脖子给他吧,你不给他,他都不知道该怎么办。"

方大伟他们也在一旁说:"吕前进,你要是不把脖子给他,那就不好玩了。"

吕前进骂了一声:"他妈的。"

然后他笑着把头搁在了桌子上,刘继生他们把我推到吕前进面前,宋海把我手里的刀举起来,连同我拿刀的手一起放到了吕前进的脖子上。我的菜刀架到吕前进的脖子上后,吕前进的脖子就缩紧了,他的脸贴着桌子咯咯地笑,他说:

"这菜刀弄得我脖子痒痒的。"

我看到吕前进被阳光晒黑的脖子上有几颗红痘,我对吕前进说:

"你脖子上有好几颗红痘,你上火了,你最近蔬菜吃少了。"

吕前进说:"我最近根本就没吃蔬菜。"

我说:"不吃蔬菜吃西瓜也行。"

宋海他们对我说:"杨高,你别说废话了,你不是要把吕前进劈了?现在吕前进的脖子就在你的菜刀下面,我们看你怎么劈。"

是的,现在吕前进的脖子就在我的菜刀下面,我的手只要举起来,再劈下去,就能把吕前进的脖子剁断了。可是我看到宋海他们又一次哈哈地笑起来,我心想,他们这么高兴,他们高兴就是因为我要把吕前进劈了。于是我就替吕前进难受起来,我对吕前进说:

"他们还是你的朋友呢。他们要真是你的朋友,他们不会这么高兴的,他们应该来劝阻我,他们应该把我拉开,可是你看看他们,他们都盼着我把你劈了。"

他们听了我的话以后,笑声更响了,我对吕前进说:

"你看,他们又笑了。"

吕前进也在笑,他的嘴巴贴着桌子说:

"你说得对,他们不是我真正的朋友,你也不是,你要是我的朋友,你就不会拿着菜刀来劈我了。"

听到吕前进这样说,我心里有些不安了,我对他说:

"我要来劈你是因为你打了我,你要是不打我,我是不会来劈你的。"

吕前进说:"我就打了你两下,你就拿刀来劈我了,你忘了我以前是怎么照顾你的了。"

我想起来了,我想起来很多以前的事,想起来吕前进曾经为我做的事,他为我和别人打过架,为我和别人吵过嘴,为我做过很多的事。可是我现在却要把他劈了,我觉得自己不应该把他劈了,他虽然打了我,可他还是我的朋友。我把菜刀从他的脖子上拿走了,我对他说:

"吕前进,我不劈你啦……"

吕前进的头就从桌子上抬了起来,他伸手去揉自己的脖子,他对着宋海他们哈哈地笑,宋海他们也对着他哈哈地笑。

我继续说:"虽然我不劈你了,可是也不能就这样算了,你刚才打了我很多耳光,踢了我很多脚,现在我只打你一个耳光,我们就算是扯平了。"

说着我伸手给了吕前进一个耳光,屋子里的人都听到了我

的巴掌拍在吕前进的脸上,他们的笑声一下子就没有了。接着我看到吕前进的眼睛瞪圆了,他指着我骂道:

"你他妈的!"

他推倒了椅子,一个跨步走到了我的面前,对准我的脸啪啪啪啪地打了四个耳光,打得我晕头转向,两眼发黑;然后他对准我的胸口狠狠一拳,打得我肺里都发出了嗡嗡声。在我倒下去的时候,他又在我的肚子上蹬了一脚,我的肚子里立刻就乱成一团。我倒到地上时,我感到他的脚还踢了我几下,全踢在我的腿上,使我的腿像是断了一样。我躺在了地上,我听到他们嗡嗡的说话声,我听不清他们在说些什么,我只是感到自己的疼痛从头到脚,一阵阵的,像拧毛巾似的拧着我的身体。

一九九六年六月二十六日

夏季台风

第一章

一

白树走出了最北端的小屋,置身于一九七六年初夏阴沉的天空下。在他出门的那一刻,阴沉的天空突然向他呈现,使他措手不及地面临一片嘹亮的灰白。于是记忆的山谷里开始回荡起昔日的阳光,山崖上生长的青苔显露了阳光迅速往返的情景。

仿佛是生命闪耀的目光在眼睛里猝然死去,天空随即灰暗了下去。少年开始往前走去。刚才的情景模糊地复制了多年前一张油漆剥落的木床,父亲消失了目光的眼睛依然睁着,如那张木床一样陈旧不堪。在那个月光挥舞的夜晚,他的脚步声在一条名叫河水的街道上回荡了很久,那时候有一支夜晚的长箫正在吹奏,伤心之声四处流浪。

现在,操场中央的草地上正飞舞着无数纸片,草地四周的灰尘奔腾而起，扑向纸片，纸片如惊弓之鸟。他依稀听到呼唤他的声音。那是唐山地震的消息最初传来的时刻，他们就坐在此刻纸片飞舞的地方，是顾林或者是陈刚在呼唤他，而别的他们则在阳光灿烂的草地上或卧或躺。呼唤声涉及他和物理老师的地震监测站，那座最北端的小屋。他就站在那棵瘦弱的杉树旁，他听到树叶在上面轻轻摇晃，然后听到自己的声音也在上面摇晃。

"三天前，我们就监测到唐山地震了。"

顾林他们在草地上哗哗大笑，于是他也笑了一下，他心想：事实上是我监测到的。

物理老师当初没在场。监测仪一直安安静静，自从监测仪来到这最北端的小屋以后，它一直安安静静的，可那一刻突然出现了异常。那时候物理老师没在场，事实上物理老师已经很久没去监测站了。

他没有告诉顾林他们："是我监测到的。"他觉得不该排斥物理老师，因此他们的哗哗大笑并不只针对他一个人，但是物理老师听不到他们的笑声。

他们的笑声像无数纸片在风中抖动。他们的笑声消失以后，纸片依然在草地上飞舞。没有阳光的草地显得格外青翠，于是纸片在上面飞舞时才如此美丽。白树在草地附近的小径走去时，心里依然想着物理老师。他注意到小径两旁的树叶因为布满灰尘显得十分沉重。

是我一个人监测到唐山地震的。他心里始终坚持这个想法。

监测仪出现异常的那一刻,他突然害怕不已。他在离开小屋以后,他知道自己正在奔跑。他越过了很多树木和楼梯的很多台阶,他看到在教研室里,化学老师和语文老师眉来眼去,物理老师的办公桌上展示着一个地球仪。他在门口站着,后来他听到语文老师威严的声音:

"你来干什么?"

他离开时一定是惊慌失措。后来他敲响了物理老师的家门。敲门声和他的呼吸一样轻微。他担心物理老师打开屋门时会不耐烦,所以他敲门时胆战心惊。物理老师始终没有打开屋门。

那时候物理老师正站在不远处的水架旁,正专心致志地洗一条色彩鲜艳的三角裤衩和一只白颜色的乳罩。他看到白树羞羞答答地站到了他的对面,于是他"嗯"了一声,继续他专心致志的洗涮。他就是这样听完了白树的讲述,然后点点头:

"知道了。"

白树在应该离去的时候没有离去,他在期待着物理老师进一步的反应。但是物理老师再也没有抬起头来看他一眼。他在那里站了很久,最后才鼓起勇气问:

"是不是向北京报告?"

物理老师这时才抬起头来,他奇怪地问:

"你怎么还不走?"

白树手足无措地望着他。他没再说什么,而是将那条裤衩举到眼前,似乎是在检查还有什么地方没有洗干净。阳光照耀着色彩鲜艳的裤衩,白树看到阳光可以肆无忌惮地深入进去,这情形使他激动不已。

这时他又问:

"你刚才说什么?"

白树用舌头舔了舔嘴唇,再次说:

"是不是向北京报告?"

"报告?"物理老师皱皱眉,接着又说,"怎么报告?向谁报告?"

白树感到羞愧不已。物理老师的不耐烦使他不知所措。他听到物理老师继续说:

"万一弄错了,谁来负责?"

他不敢再说什么,却又不敢立刻离去。直到物理老师说"你走吧",他才离开。

但是后来,顾林他们在草地里呼唤他时,他还是告诉他们:

"三天前我们就监测到唐山地震了。"

他没说是他一个人监测到的。

"那你怎么不向北京报告?"

他们哗哗大笑。

物理老师的话并没有错，怎么报告？向谁报告？

草地上的纸片依然在飞舞。也不知道为什么，监测仪突然停顿了。起初他还以为是停电的缘故，然而那盏二十五瓦的电灯的昏黄之光依然闪烁不止。应该是仪器出现故障了。他犹豫不决，是否应该动手检查？后来，他就离开了那间最北端的小屋。

现在，草地上的纸片在他身后很远的地方飞舞了。他走出了校门，他沿着围墙走去。物理老师的家就在那堵围墙下的路上。

物理老师的屋门涂上了一层乳黄的油漆，这是妻子的礼物。她所居住的另一个地方的另一扇屋门，也是这样的颜色。白树敲门的时候听到里面有细微的歌声，于是他眼前模糊地出现了城西那口池塘在黎明时分的波动，有几株青草漂浮其上。

物理老师的妻子站在门口，屋内没有亮灯，她站在门口的模样很明亮，外面的光线从她躯体四周照射进去，她便像一盏灯一样闪闪烁烁了。他看到明亮的眼睛望着他，接着她明亮的嘴唇动了起来：

"你是白树？"

白树点点头。他看到她的左手扶着门框，她的四个手指歪着像被贴在那里，另一个手指看不到。

"他不在家，上街了。"她说。

白树的手在自己腿上摸索着。

"你进来吧。"她说。

白树摇摇头。

物理老师妻子的笑声从一本打开的书中洋溢出来,他听到了风琴声在楼下教室里缓缓升起,作为音乐老师的她的歌声里有着现在的笑声。那时候恰好有几片绿叶从窗外伸进来,可他被迫离开它们走向黑板,从物理老师手中接过一截白色的粉笔,楼下的风琴声在黑板面前显得凄凉无比。

她笑着说:"你总不能老站着。"

总是在那个时候,在楼下的风琴声飘上来时,在窗外树叶伸进来时,他就要被迫离开它们。他现在开始转身离去,离去时他说:

"我去街上找老师。"

他重新沿着围墙走,他感到她依然站在门口,她的目光似乎正望着他的背影。这个想法使他走去时摇摇晃晃。

他离开黑板走向座位时,听到顾林他们哗哗笑了起来。

监测仪在今天上午出现故障,顾林他们不会知道这个消息,否则他们又会哗哗大笑了。

他走完了围墙,重又来到校门口,这时候物理老师从街上回来了,他听完白树的话后只是点点头。

"知道了。"

白树跟在他身后,说:"你是不是去看看?"

物理老师回答:"好的。"可他依然往家中走去。

白树继续说:"你现在就去吧。"

"好的,我现在就去。"

物理老师走了很久,发现白树依然跟随着他。他便站住脚,说:"你快回家吧。"

白树不再行走,他看着物理老师走向他自己的家中。物理老师不需要像他那样敲门,他只要从裤袋里摸出钥匙,就能走进去。他从那扇刚才被她的手抚弄过的门走进去。因为屋内没有亮着灯,物理老师的妻子站在门口,十分明亮。她的裙子是黑色的,裙子来自一座繁华的城市。

物理老师将粉笔递给他时,他看到老师神思恍惚。楼下的风琴声在他和物理老师之间飘浮。他的眼前再度出现城西那口美丽的池塘、池塘四周的草丛,还有附近的树木。他听到风声在那里已经飘扬很久了。但是他不知道自己走向黑板该干些什么。他在黑板前与老师一起神思恍惚,风琴声在窗口摇曳着,像那些树叶。然后他才回过头来望着物理老师,物理老师也忘了该让他做些什么。他们便站在那里互相望着,那时候顾林他们窃窃私笑了。后来物理老师说:

"回去吧。"

他听到顾林他们哗哗大笑。

二

物理老师坐在椅子里,他的脚不安分地在地上划动。他说:"街上已经乱成一团了。"

她将手伸出窗外,风将窗帘吹向她的脸。有一头黄牛从窗下经过,发出哞哞的叫声。很久以前,一大片菜花在阳光里鲜艳无比,一只白色的羊羔从远处的草坡上走下来。她关上了窗户。后来,她就再没去看望过住在乡下的外婆。现在,屋内的灯亮了。

他转过头去看看她,看到了窗外灰暗的天色。

"那个卖酱油的老头,就是住在城西码头对面的老头,他今天凌晨看到一群老鼠,整整齐齐一排,相互咬着尾巴从马路上穿过。他说起码有五十只老鼠,整整齐齐地从马路上穿过,一点儿也不惊慌。机械厂的一个司机也看到了。他的卡车没有轧着它们,它们从他的车轮下浩浩荡荡地经过。"

她已经在厨房里了。他听到米倒入锅内的声响,然后听到她问:

"是卖酱油的老头这样告诉你的?"

"不是他,是别人。"他说。

水冲进锅内,发出那种破破烂烂的声响。

"我总觉得传闻不一定准确。"她说。

她的手指在锅内搅和了,然后水被倒出来。

"现在街上所有的人都这么说。"

水又冲入锅内。

"只要有一个人这么说,别的人都会这么说的。"

她在厨房里走动,她的腿碰倒了一把扫帚,然后他听到她点燃了煤油炉。

"城南有一口井昨天深夜沸腾了两个小时。"他继续说。

她从厨房里出来:

"又是传闻。"

"可是很多人都去看了,回来以后他们都证实了这个消息。"

"这仍然是传闻。"

他不再说话,把右手按在额上。她走向窗口,在这傍晚还未来临的时刻,天空已经沉沉一色,她看到窗外有一只鸡正张着翅膀在追逐什么。她拉上了窗帘。

他问:"你昨晚睡着时听到鸡狗的吼叫了吗?"

"没有。"她摇摇头。

"我也没有听到。"他说,"但是街上所有的人都听到了,昨晚上鸡狗叫成一片。就是我们没有听到,所以我们应该相信他们。"

"也可能他们应该相信我们。"

他从椅子里站了起来:

"你为什么总是不相信别人呢?"

——是英雄创造历史，还是群众创造历史？政治老师问。

——群众创造历史。

——群众是什么？蔡天仪。

——群众就是全体劳动人民。

——坐下。英雄呢？王钟。

——英雄是……

那个时候，有关她住在乡下的外婆的死讯正在路上行走，还未来到她的身边。

三

有关地震即将发生的消息传来已经很久了。钟其民坐在他的窗口。此刻他的右手正放在窗台上，一支长箫搁在胳膊上，由左手掌握着。他视野的近处有一块不大的空地，他的目光在空地上经过，来到了远处几棵榆树的树叶上。他试图躲过阻挡他目光的树叶，从而望到远处正在浮动的天空。他依稀看到远处的天空正在呈现一条惨白的光亮，光亮以蚯蚓的姿态弯曲着，然后从中间被突然切断，而两端的光亮也就迅速缩短，最终熄灭。他看到远处的天空正十分平静地浮动着。

吴全从街上回来，他带来的消息有些惊人。

"地震马上就要发生了，街上的广播在说。"

吴全的妻子站在屋门前,她带着身孕的脸色异常苍白。她惊慌地看着丈夫向她走来。他走到她跟前,说了几句话。她便急促地转过迟疑的身体走入屋内。吴全转回身,向几个朝他走来的人说:"地震马上就要发生了,邻县在昨天晚上就广播了,我们到今天才广播。"

他的妻子这时走了出来,将一沓钱悄悄塞入他手里。他轻声嘱咐一句:

"你快将值钱的东西收拾一下。"

然后他将钱塞入口袋,快步朝街上走去,走去时扯着嗓子:

"地震马上就要发生了。"

吴全的喊声在远处消失。钟其民松了一口气,心想他总算走了。现在,空地上仍有几个人在说话,他们的声音不大。

"一般地震都是在夜晚发生。"王洪生这样说。

"一般是在人们睡得最舒服的时候。"林刚补充了一句。

"地震似乎喜欢在人多的地方发生。"

"要是没人的话,地震就没什么了。"

"王洪生。"有一个尖细的声音在不远处怒气冲冲地叫着。

林刚用胳膊推了推王洪生:"叫你呢。"

王洪生转过身去。

"还不快回来,你也该想想办法。"

王洪生十分无聊地走了过去。其他几个人稍稍站了一会儿,也四散而去。这时候李英出现在门口,她哭丧着脸说:

"我丈夫怎么还不回来?"

钟其民拿起长箫,放到唇边。他看着站在门口手足无措的李英,开始吹奏。似乎有一条宽阔的,但是薄薄的水在天空里飞翔。在田野里行走的是树木,它们的身体发出哗哗的响声……江轮离开万县的时候黑夜沉沉,两岸的群山在月光里如波浪状起伏,山峰闪闪烁烁。江水在黑夜的宁静里流淌,从江面上飘来的风无家可归,萧萧而来,萧萧而去。

有关地震即将发生的消息传来已经很久了,他的窗口失去昔日的宁静也已经很久了。他们似乎都将床搬到了门口,他一直听到那些家具在屋内移动时的响声,它们像牲口一样被人到处驱赶。夜晚来临以后,他们的屋门依然开启,直到翌日清晨的光芒照亮它们,他们部分的睡姿可以隐约瞥见,清晨的宁静就这样被无声地瓦解。

在日出的海面上,一片宽阔的光芒在透明的海水里自由成长。能够听到碧蓝如晴空的海水在船舷旁流去时有一种歌唱般的声音。心情愉快的清晨发生在日出的海面。然而后来,一些帆船开始在远处的水域航行,船帆如一些破旧的羽毛插在海面上,它们摇摇晃晃,显得寂寞难忍。那是流浪旅途上的凄苦和心酸。

李英的丈夫从街上回来了,他带来的消息比吴全刚才所说的更惊人。

"街上都在抢购毛竹和塑料雨布。"

钟其民将箫搁在右手胳膊上，望着李英的丈夫走向自己的家门，心想他倒是没有张牙舞爪。

他说："县委大院里已经搭起了很多简易棚，学校的操场上也都搭起了简易棚，他们都不敢在房屋里住了，说是晚上就要发生地震。"

李英从屋内出来，冲着他说："你上哪儿去啦？"

街上都在抢购毛竹和塑料雨布。宁静了片刻的窗口再度骚动起来。

他住过的旅店几乎都是靠近街道的，陷入嘈杂之声总是无法突围。嘈杂之声缺乏他所希望的和谐与优美，它们都因各自的目的胡乱响着。如果它们有一个共同的目标，钟其民想，那么音乐就会在各个角落诞生。

吴全再次从街上回来时满载而归。他从一辆板车上卸下毛竹和塑料雨布，然后扯着嗓子叫：

"快去吧，街上都在抢购毛竹和塑料雨布。"

眼下那块空地缺乏男人，男人在刚才已经上街。吴全的呼吁没有得到应该出现的效果。但是有个女人的声音突然响起，像是王洪生妻子的声音：

"你刚才为什么不说？"

吴全装着没有听到。他的妻子已经出现在门口，她似乎不敢往声音传来的方向看。她走过去打算帮助丈夫。但他说："你别动。"于是她就站住了，低着头看丈夫用脚在地上测量。

"就在这里吧。"他说,"这样房屋塌下来时不会压着我们。"

她朝四周看了看,小声问:"是不是太中间了?"

他说:"只能这样。"

又是刚才那个女人的声音:

"你不能在中央搭棚。"

吴全仍然装着没有听到。他站到了一把椅子上,将一根毛竹往泥土里打去。

"喂,你听到没有?"

吴全从椅子上下来,从地上捡起另一根毛竹。

"这人真不要脸。"是另一个女人的声音,"你也该为别人留点儿地方。"

"吴全。"仍然是女人的声音,"你也该为别人留点儿地方。"

全是一些女人的声音。钟其民心想,他眼前出现一些碎玻璃。全是女人的声音。他将箫放到唇边。音乐有时候可以征服一切。他曾经置身一条不断弯曲的小巷里,在某个深夜的时刻。那宁静不同于空旷的草原和奇丽的群山之峰。那里的宁静处于珍藏之中,他必须小心翼翼地享受。他在往前走去时,小巷不断弯曲,仿佛行走在不断出现的重复里和永无止境的简单之中。

已经不再是一些女人的声音了。王洪生和林刚他们的嗓音在空气里飞舞。他们那么快就回来了。

"你讲理,我们也讲;你不讲理,我们也不会和你讲理。"王洪生嗓音洪亮。

林刚准备去拆吴全已经搭成一半的简易棚。王洪生拉住他:

"现在别拆,待他搭完后再拆。"

李英在那里呼唤她的儿子:"星星。"

"这孩子怎么一转眼就不见了。"

她再次呼唤:"星星。"

音乐可以征服一切。他曾经看到过有关月球的摄影描述。在那一片茫茫的、粗糙的土地上,没有树木和河流,没有动物在上面行走。那里被一片寒冷的光普照,那种光芒虽然灰暗却十分犀利,在外表粗糙的乱石里宁静地游动,那是一个没有任何嗓音的世界,音乐应该去那里居住。

他看到一个异常清秀的孩子正坐在他脚旁,孩子不知是什么时候进来的,此刻正靠在墙上望着他。这个孩子和此刻仍在窗外继续的呼唤声——"星星"有关。孩子十分安静地坐在地上,他右手的食指含在嘴里。他时常偷偷来到钟其民的脚旁。他用十分简单的目光望着钟其民。他的眼神异常宁静。

他觉得现在应该吹一支孩子们喜欢的乐曲。

四

　　监测仪在昨天下午重新转动起来。故障的原因十分简单，一根插入泥土的线路断了。白树是在操场西边的一棵树下发现这一点的。

　　现在，那个昨天还是纸片飞舞的操场出现了另外一种景色。学校的老师几乎都在操场上，一些简易棚已经隐约出现。

　　在一本已经泛黄并且失去封面的书中，可以寻找到有关营地的描写。在阿尔卑斯山下的草坡上，盟军的营地以雪山作为背景，一些美丽的女护士正在帐篷之间走来走去。

　　物理老师已经完成了简易棚的支架，现在他正将塑料雨布盖上去。语文老师在一旁说：

　　"低了一些。"

　　物理老师回答："这样更安全。"

　　物理老师的简易棚接近道路，与一棵粗壮的树木倚靠在一起。树枝在简易棚上面扩张开。物理老师说：

　　"它们可以抵挡一下飞来的砖瓦。"

　　白树就站在近旁。他十分迷茫地望着眼前这突然出现的景象——阿尔卑斯山峰上的积雪在蓝天下十分耀眼。书上好像就是这样写的。他无法弄明白这突如其来的事实。他一直这么站着，语文老师走开后他依然站着。物理老师正忙着盖塑料雨布，所以他没有走过去。他一直等到物理老师盖完塑料雨布，在简易棚四周走动着察看时,他才走过去。

他告诉物理老师监测仪没有坏,故障的原因是:

"线路断了。"

他用手指着操场西边:

"就在那棵树下面断的。"

物理老师对他的出现有些吃惊,他说:

"你怎么还不回家?"

他站着没有动,然后说:

"监测仪没有出现异常情况。"

"你快回家吧。"物理老师说。他继续察看简易棚,接着又说:

"你以后不要再来了。"

他将右手伸入裤子口袋,那里有一把钥匙,可以打开最北端那座小屋的门。物理老师让他以后不要再来了。他想,他要把钥匙收回去。

可是物理老师并没有提钥匙的事,他只是说:

"你怎么还没走?"

白树离开阿尔卑斯山下的营地,向校门走去。后来,他看到了物理老师的妻子走来的身影。那时候她正沿着围墙走来。她两手提满了东西,她的身体斜向右侧,风则将她的黑裙子吹向了左侧。

那时候他听到了街上的广播正在播送地震即将发生的消

息。但是监测仪并没有出现任何地震的迹象。他看到物理老师的妻子正艰难地向他走来。他感到广播肯定是弄错了。物理老师的妻子已经越来越近。广播里播送的是县革委会主任的紧急讲话。可是监测仪始终很正常。物理老师的妻子已经走到了他的身旁,她看了他一眼,然后走入了学校。

在街上,他遇到了顾林、陈刚他们。他们眉飞色舞地告诉他:地震将在晚上十二点发生。

"我们不准备睡觉了。"

他摇摇头,说:"不会发生。"

他告诉他们监测仪没有出现异常情况。

顾林他们哗哗大笑了。

"你向北京报告了吗?"

然后他们抛下他往前走去,走时高声大叫:

"今晚十二点地震。"

他再次摇摇头,再次对他们说:

"不会发生的。"

但他们谁也没有听到他的话。

回到家中时,天色已黑。屋内空无一人,他知道母亲也已经搬入了屋外某个简易棚。他在黑暗中独自站了一会儿。物理老师的妻子艰难地向他走来,她的身体斜向右侧,风则将她的黑裙子吹向了左侧。然后他走下楼去。

他在屋后那块空地上找到了母亲。那里只有三个简易棚,母亲的在最右侧。那时候母亲正在铺床,而王立强则在收拾餐具。里面只有一张床。他知道自己将和母亲同睡这张床。他想起了学校最北端那座小屋,那里也有一张床。物理老师在安放床的时候对他说:

"情况紧急的时候还需要有人值班。"

母亲看到他进来时有些尴尬,王立强也停止了对餐具的收拾。母亲说:"你回来了。"

他点点头。

王立强说:"我走了。"

他走到门口时又说了一句:"需要什么时叫我一声就行了。"

母亲答应了一声,还说了句:"麻烦你了。"

他心想:事实上,你们之间的事我早就知道了。

父亲的葬礼十分凄凉。火化场的常德拉着一辆板车走在前面。父亲躺在板车之上,他的身体被一块白布覆盖。他和母亲跟在后面。母亲没有哭,她异常苍白的脸向那个阴沉的清晨仰起。他走在母亲身边,上学的同学站在路旁看着他们,所去地方的路十分漫长。

第二章

一

趋向虚无的深蓝色应该是青藏高原的天空，它笼罩着没有植物生长的山丘。近处的山丘展示了褐色的条纹，如巨蛇爬满一般。汽车已经驶过了昆仑山口，开始进入唐古拉山地。那时候一片云彩飘向高原上的烈日，云彩正将阳光一片片削去，最后来到烈日下，开始抵挡烈日。高原蓦然暗淡了下来，仿佛黄昏来临的景色迅速出现。他看到遥远处有野牛宁静地走动，它们行走在高原宁静的颜色之中。

箫声在梅雨的空中结束了最后的旋律。钟其民坐在窗口，他似乎看到刚才吹奏的曲子正在雨的间隙里穿梭远去，已经进入他视野之外的天空。只有清晨才有的鲜红的阳光，正在那个天空里飘扬。田野晴朗地铺展开来，树木首先接受了阳光的照耀。那里清晨所拥有的各种声响开始升起，与阳光汇成一片。

声响在纯净的空中四处散发,没有丝毫噪声。

屋外的雨声已经持续很久了,有关地震即将发生的消息传来已经很久了。钟其民望着空地上的简易棚,风中急泻而去的雨水在那些塑料雨布上飞飞扬扬。他们就躲藏在这飞扬之下。此刻空地的水泥地上雨水横流。

出现的那个人是林刚,他来到空地还未被简易棚占据的一隅,他呼喊了一声:

"这里真舒服。"

然后林刚的身体转了过去。

"王洪生,喂,我们到这里来。"

"你在哪儿?"

是王洪生的声音,从雨里飘过来时仿佛被一层布包裹着。他可能正将头探出简易棚,雨水将在他脑袋上四溅飞舞。

有关地震即将发生的消息传来已经很久了,可是那天晚上到来的不是地震,而是梅雨。

王洪生他们此刻已和林刚站在了一起,他们的雨伞连成一片。他看到他们的脑袋往一处凑过去。他们点燃了香烟。

"这里确实舒服。"

"简易棚里太难受了。"

"那地方要把人憋死。"

王洪生说:"最难受的是那股塑料气味。"

"这是什么烟,抽起来那么费劲?"

"你不问问这是什么天气。"

现在是梅雨飞扬的天气。钟其民望到远处的树木在雨中被烟雾弥漫。现在望不到天空,天空被雨遮盖了。雨遮盖了那种应有的蓝色,遮盖了阳光四射的景色。雨就是这样,遮盖了天空。

"地震还会不会发生?"

有关地震即将发生的消息传来已经很久了。谁也没有见到过地震,所以谁也不知道什么是废墟。他曾经去过新疆吐鲁番附近的高昌故城。一座曾经繁华一时的城镇,经千年的烈日照射,风沙席卷,如今已是废墟一座。他知道什么是废墟。昔日的城墙、房屋依稀可见,但已被黄沙覆盖,闪烁着阳光那种黄色。落日西沉以后,故城在月光里凄凉耸立,回想着昔日的荣耀和灾难。然后音乐诞生了。因此他知道什么是废墟。

"钟其民。"是林刚或者就是王洪生在叫他。

"你真是宁死不屈。"是王洪生在说。

他听到他们的笑声,他们的笑声飘到窗口时被雨击得七零八落。

"砍头不过风吹帽。"是林刚。

他注意起他们的屋门,他们的屋门都敞开着。他们为何不走入屋内?

李英又在叫唤了:

"星星。"

她撑着一把雨伞出现在林刚他们近旁。

他不知道孩子是什么时候来到脚旁的。

"这孩子到处乱走。"

孩子听到了母亲的呼喊,他将食指放在嘴唇上示意钟其民别出声。

"星星。"

星星的头发全湿了。他俯下身去,抹去孩子脸上的雨水。他的手接触到了他的衣服,衣服也湿了,孩子的皮肤因为潮湿,已经开始泛白。

"大伟。"李英开始呼喊丈夫了。

大伟的答应声从简易棚里传出来。

"你出来。"李英哭丧着喊叫,随即又叫,"星星。"

一片雨水飞扬的声音。

孩子的眼睛非常明亮,他知道他在期待着什么。

二

雨水在地上急流不止,塑料雨布在风中不停摇晃,雨打在上面,发出一片沉闷的声响。王洪生他们的说话声阵阵传来。

"你也出去站一会儿吧。"她说。

吴全坐在床上,他弯曲着身体,汗水在他脸上胡乱流淌。他摇摇头。

她伸过手去摸了一下他的衣服。

"你的衣服都湿了。"

他看到自己的手如在水中浸泡多时后出现无数苍白的皱纹。

"你把衬衣脱下来。"她说。

他看着地上哗哗直流的雨水。她伸过手去替他解衬衣纽扣。他疲惫不堪地说:

"别脱了,我现在动一下都累。"

潮湿披散的头发遮住了她的半张脸。她的双手撑住床沿,事实上撑住的是她的身体。隆起的腹部使她微微后仰。她的脚挂在床下,脚上苍白的皮肤看上去似乎与里面的脂肪脱离,如同一张胡乱贴在墙上的纸,即将被风吹落。

王洪生他们在外面的声音和雨声一起来到。钟其民的箫声已经持续很久了。风在外面的声音很清晰。风偶尔能够试探着吹进来一些,使简易棚内闷热难忍的塑料气味开始活动起来,出现几丝舒畅的间隙。

"你出去站一会儿吧。"她又说。

他看了她一眼,她的疲惫模样使他不忍心抛下她。他摇摇头:

"我不想和他们站在一起。"

王洪生他们在外面声音洪亮。钟其民的箫声已经离去。现在是自由自在的风声。

"我也想去站一会儿。"她说。

他们一起从简易棚里钻出来，撑开雨伞以后站在了雨中，棚外的清新气息扑鼻而来。

"像清晨起床打开窗户一样。"她说。

"星星。"

李英的叫声此刻听起来也格外清新。

星星出现在不远的雨中，孩子缩着脖子走来。他在经过钟其民窗口时向那里看了几眼，钟其民朝他挥了挥长箫。

"星星，你去哪儿了？"

李英的声音怒气冲冲。

他发现她的两条腿开始打战了。他问：

"是不是太累了？"

她摇摇头。

"我们回去吧。"

她说："我不累。"

"走吧。"他说。

她转过身去，朝简易棚走了两步，然后发现他没有动。他愁眉不展地说：

"我实在不想回到简易棚里去。"

她笑了笑："那就再站一会儿吧。"

"我的意思是……"他说，"我们回屋去吧。"

"我想，"他继续说，"我们回屋去坐一会儿，就坐在门口，然后再去那里。"他朝简易棚疲倦地看了一眼。

第三章

一

　　监测仪一直没有出现异常情况。这天上午,雨开始趋向稀疏,天空不再是沉沉一色,虽然乌云依然翻滚,可那种令人欣慰的苍白颜色开始隐隐显露,梅雨已经持续了三天。他望着此刻稀疏飘扬的雨点,心里坚持着过去的想法:地震不会发生。

　　街道上的雨水在哗哗流动,他曾经这样告诉过顾林他们。工宣队长的简易棚在操场的中央。阿尔卑斯山峰的积雪在蓝天下闪闪烁烁。但他不能告诉工宣队长地震不会发生,他只能说:"监测仪一直很正常。"

　　"监测仪?"

　　工宣队长坐在简易棚内痛苦不堪,他的手抹去光着的膀子上的虚汗。

　　"他娘的,我怎么没听说过监测仪?"

他一直站在棚外的雨中。

工宣队长望着白树,满腹狐疑地问:

"那玩意儿灵吗?"

白树告诉他唐山地震前三天他就监测到了。

工宣队长看了白树一阵,然后摇摇头:

"那么大的地震能提前知道吗?什么监测仪,那是闹着玩。"

物理老师的简易棚接近那条小道。他妻子的目光从雨水中飘来,使他走过时犹如越过一片阳光灿烂地照射着的树林。监测仪一直没有出现异常情况,他很想让物理老师知道这一点。但是插在裤袋里的手制止了他,那是一把钥匙制止了他。

现在飘扬在空气中的雨点越来越稀疏了,有几只麻雀在街道上空飞过,那喳喳的叫声暗示出某种灿烂的景象,阳光照射在湿漉漉的泥土上将会令人感动。街上有行人说话的声音。

"听说地震不会发生了。"

白树在他们的声音里走过去。

"邻县已经解除了地震警报。"

监测仪始终没有出现异常情况。白树知道自己此刻要去的地方,他感到一切都严重起来了。

那个身材矮小的中年人走在街上时,会使众人仰慕。他的眼睛里没有白树,但是他看到了陈刚:

"你爸爸好吗?"

后来陈刚告诉白树，那人就是县革委会主任。

县委大院空地里的情景，仿佛是学校操场的重复。很多大小不一的简易棚在那里出现。依然是阿尔卑斯山下的营地。白树在大门口站了很久，他看到他们在雨停之后都站在了棚外，他们掀开了雨布。

"那气味让人太难受了。"

白树听到他们的声音里有一种晴天时才有的欢欣鼓舞。

"这日子总算到头了。"

"虚惊一场。"

有几个年轻人正费劲地将最大的简易棚上的雨布掀翻在地。那个身材矮小的中年人站在一旁与几个人说话，和他说完话的人都迅速离去。后来他身旁只站着一个三十来岁的男子。那雨布被掀翻的一刻，有一片雨水明亮地倾泻下去。他们走入没有了屋顶的简易棚。

现在白树走过去了，走到他们近旁。县革委会主任此刻坐在一把椅子里，他的手抚摸着膝盖。那个三十来岁的男人和一张办公桌站在一起，桌上有一部黑色的电话。他问：

"是不是通知广播站？"

革委会主任摆摆手："再和……联系一下。"

白树依稀听到某个邻近的县名。

那人摇起电话：

嘎嘎嘎嘎。

"是长途台吗？接一下……"

"你是谁？"革委会主任发现了白树。

"监测仪一直很正常。"白树听到自己的声音哆嗦着飘向革委会主任。

"你说什么？"

"监测仪……地震监测仪很正常。"

"地震监测仪？哪来的地震监测仪？"

电话铃响了。那人拿起电话。

"喂，是……"

白树说："我们学校的地震监测仪。"

"你们学校？"

"县中学。"

那人说话声："你们解除警报了？"然后他搁下电话，对革委会主任说："他们也解除警报了。"

革委会主任点点头："都解除警报了。"随后他又问白树："你说什么？"

"监测仪一直很正常。"

"你们学校？有地震监测仪？"

"是的。"白树点点头，"唐山地震我们就监测到了。"

"还有这样的事。"革委会主任脸上出现了笑容。

"监测仪一直很正常。地震不会发生。"白树终于说出了曾经向顾林他们说过的话。

"噢——"革委会主任点点头,"我明白你的意思了。地震不会发生?"

"不会。"白树说。

革委会主任站起来走向白树。他向他伸出右手,但是白树并不明白他的意思,所以他又抽回了手。他说:

"你做了一件了不起的事,我代表全县的人民感谢你。"然后他转身对那人说,"把他的名字记下来。"

后来,白树又走在了那条雨水哗哗流动的街道上。那时候有关地震不会发生的消息已在镇上弥散开了。街上开始出现一些提着灶具和铺盖的人,他们是最先离开简易棚往家中走的人。

"白树。"

他看到王岭坐在影剧院的台阶上,王岭已经全身湿透,他满面笑容地看着白树。

"你知道吗,"王岭说,"地震不会发生了。"

他点点头。然后他听到广播里在说:"有消息报道,邻县已经解除了地震警报。根据我县地震监测站监测员白树报告,近期不会发生地震……"

王岭叫了起来:"白树,在说你呢。"

白树呆呆地站立着,女播音员的声音在空气里慢慢飘散,然后他沿着台阶走到王岭身旁坐下。他感到眼前的景色里有几颗很大的水珠,他伸手擦去眼泪。

王岭摇动着他的手臂:"白树,你的名字上广播了。"

王岭的激动使他感动不已,他说:"王岭,你也到监测站来吧。"

"真的吗?"

物理老师的形象此刻突然出现,于是他为刚才脱口而出的话感到不安,不知道物理老师会不会同意王岭到监测站来。

物理老师的简易棚就在路旁,他经过时便要经过他妻子的目光。

他曾经看到她站在一棵树下的形象,阳光并未被树叶全部遮挡,但是来到她身上时斑斑驳驳。他看到树叶的阴影如何在她身上安详地移动,那些幸福的阴影。那时候她正笑着对体育老师说:

"我不行。"

体育老师站在沙坑旁,和沙坑一起邀请她。

现在,她也应该听到广播了。

二

弥漫已久的梅雨在这一日的中午时刻由稀疏转入终止。当钟其民坐在窗口眺望远处的天空时,天空向他呈现了乱云飞渡的情景。他曾经伸手接触过那些飞渡的乱云,在接近山峰时,如黑烟一般的乌云从山腰里席卷而上。那些飘浮在空中的庞然大物，其实如烟一样脆弱和不团结，它们的消散是命中注定的。

在空地上，李英又在呼喊星星。星星逃离父母总是那么轻而易举。林刚在那里掀开了盖住简易棚的塑料雨布，他说：

"也该晒晒太阳了。"

"哪儿有太阳？"王洪生从简易棚里出来时信以为真。

"被云挡住了。"林刚说。

他说得没错。

"翻开雨布吧。"林刚向王洪生喊道，"把里面的气味赶出去。"

几乎所有简易棚的雨布被掀翻在地了，于是空地向钟其民展示了一堆破烂。吴全的妻子站在没有雨布遮盖的简易棚内，她隆起的腹部进入了钟其民的视野。李英在喊叫：

"星星。"

"别叫了。"王洪生说，"该让孩子玩一会儿。"

"可他还是个孩子。"李英总是哭丧着脸。

音乐已经逃之夭夭。他们的嘈杂之声是当年越过卢沟桥的日本鬼子。音乐迅速逃亡。钟其民从椅子里站起来，此刻户外的风正清新地吹着，他希望自己能够置身风中，四周是漫漫田野。

钟其民来到户外时，大伟从街上回来。

"地震不会发生了。"他带来的消息振奋人心，"他们都搬到屋里去了。"

"星星呢？"李英喊道。

"我怎么知道。"

"你就知道自己转悠。"

"你只会喊叫。"

接下来将是漫长的争吵。钟其民向街上走去。女人和男人的争吵，是这个世界里最愚蠢的声音。街道上的雨水依然在哗哗流动，他向前走时，感受着水花在脚上纷纷开放与纷纷凋谢。

然后他看到了一些肩背铺盖、手提灶具的行人，他们行走在乌云翻滚的天空下，他们的孩子跟在身后，他们似乎兴高采烈，可是兴高采烈只能略略掩盖一下他们的狼狈。他们正走向自己家中。王洪生他们此刻正将铺盖和灶具撤离简易棚，撤入他们的屋中。

地震不会发生了。

他感到有人扯住了他的衣角。星星站在他的身旁，孩子的裤管和袖管都高高卷起，这是孩子对自己最骄傲的打扮。

星星告诉钟其民：

"那里没有人。"

孩子手指过去的地方有几棵梧桐树，待一位老人走过之后，那里就确实没有人了。

孩子走过去，他的手依旧扯着钟其民的衣服。钟其民必须走过去。来到梧桐树下后，星星放开钟其民，向前几步推开了一幢房屋的门。

"里面没有人。"

屋内一片灰暗。钟其民知道了孩子要把他带向何处。他说：

"我刚从房屋里出来。"

孩子没有理睬他，径自走了进去，孩子都是"暴君"。钟其民也走了进去。那时孩子正沿着楼梯走上去，那是如胡同一样曲折漫长的楼梯。后来有一些光亮降落下来，接着楼梯结束了它的伸延。上楼以后向右转弯，孩子始终在前，他始终在后。一只很小的手推开了一扇很大的门，仍然是这只很小的手将门关闭。他看到床和其他家具。窗帘垂挂在两端。现在孩子的头发在窗台处摇动，窗帘被拉动的声音：嘎——嘎嘎——孩子的身体被拉长了，他的脚因为跷起而颤抖不已。嘎嘎嘎——嘎——孩子拉动窗帘时十分艰难。

嘎——两端的窗帘已经接近。孩子转过身来看着他，窗帘缝隙里流出的光亮在孩子的头发上飘浮。孩子顺墙滑下，坐在了地上，仔细听着什么，然后说：

"外面的声音很轻。"

孩子双手抱住膝盖，安静地注视着他。孩子的眼睛闪闪发亮，孩子期待着什么他已经知道。他将门旁的椅子搬过来，面对孩子而坐，应该先整理一下衣服，然后举起手来，完成几个吹奏的动作，最后是深深的歉意：

"箫没带来。"

孩子扶着墙爬了起来，他的身体沮丧不已，他的头发又在窗台前摇动了。他的脸转了过去，他的目光大概刚好贴着窗台望出去。他转回脸来，脸的四周很明亮：

"我以为你带来了呢。"

钟其民说："我们来猜个谜语吧。"

"猜什么？"孩子的沮丧开始远去。

"这房屋是谁的？"

这个谜语糟透了。

孩子的脸又转了过去，他此刻的目光和户外的天空、树叶、电线有关。随后他迅速转回，眼睛闪闪发亮。

孩子说："是陈伟的。"

"陈伟是谁？"

孩子的眼睛十分迷茫，他摇摇头。

"我也不知道。"

"很好。"钟其民说，"现在换一种玩法。你走过来，走到这柜子前……让我想想……拉开第三个抽屉吧。"

孩子的手拉开了抽屉。

"里面有什么？"

孩子几乎将整个上身投入抽屉里，然后拿出了几张纸和一把剪刀。

"好极了，拿过来。"

孩子拿了过去。

"我给你做轮船或者飞机。"

"我不要轮船和飞机。"

"那你要什么?"

"我要眼镜。"

"眼镜?"钟其民抬头看了孩子一眼,接着动手制作纸眼镜,"为什么要眼镜?"

"戴在这儿。"孩子指着自己的眼睛。

"戴在嘴上?"

"不,戴在这儿。"

"脖子上?"

"不是,戴在这儿。"

"明白了。"钟其民的制作已经完成,他给孩子戴上,"是戴在眼睛上。"

纸遮住了孩子的眼睛。

"我什么也看不见。"

"怎么会呢?"钟其民说,"把眼镜摘下来,小心一点儿……你向右看,看到什么了?"

"柜子。"

"还有呢?"

"桌子。"

"再向左看,有什么?"

"床。"

"向前看呢？"

"是你。"

"如果我走开，有什么？"

"椅子。"

"好极了，现在重新戴上眼镜。"

孩子戴上了纸眼镜。

"向右看，有什么？"

"柜子和桌子。"

"向左呢？"

"一张床。"

"前面有什么？"

"你和椅子。"

钟其民问："现在能够看见了吗？"

孩子回答："看见了。"

孩子开始在屋内小心翼翼地走动。这里确实安静。光亮长长一条挂在窗户上。他曾经在森林里独自行走，头顶的树枝交叉在一起，树叶相互覆盖，天空显得支离破碎。孩子好像打开了屋门，他连门也看到了。阳光在上面跳跃，从一张树叶跳到另一张树叶上。孩子正在下楼，从这一台阶跳到另一台阶上。脚下有树叶轻微的断裂声，松软如新翻耕的泥土。

钟其民感到有人在身后摇晃他的椅子。星星原来没有下楼。他转过身时，却没有看到星星。椅子依然在摇晃。他站起来走到窗口，窗帘抖个不停。他拉开了窗帘，于是看到外面街道上的行人呆若木鸡，他们可能是最后撤离简易棚的人，铺盖和灶具还在手上。他打开了窗户，户外一切都静止，那是来自高昌故城的宁静。

这时有人呼叫：

"地震了。"

有关地震的消息像雪花一样纷纷扬扬了多日，最终到来的却是吐鲁番附近的宁静。

街上有人开始奔跑起来，那种惊慌失措的奔跑。刚才的宁静被瓦解，他听到了纷纷扬扬的声音，哭声在里面显得很尖厉。钟其民离开窗口，向门走去。走过椅子时，他伸手摸了一会儿，椅子不再摇晃。窗外的声响喧腾起来了。地震就是这样，给予你昙花一现的宁静，然后一切重新嘈杂起来。地震不会把废墟随便送给你，它不愿意把长时间的宁静送给你。

钟其民来到街上时，街上行走着长长的人流，他们背着铺盖和灶具。刚才的撤离尚未结束，新的撤离已经开始。他们将撤回简易棚。街上人声拥挤，他们依然惊慌失措。

傍晚的时候，钟其民坐在自己的窗口。有人从街上回来，告诉大家：

"广播里说，刚才是小地震，随后将会发生大地震。大家要提高警惕。"

第四章

一

铺在床上的草席已经湿透了。草席刚开始潮湿的时候,尚有一股稻草的气息暖烘烘地蒸发出来,现在草席四周的边缘上布满了白色的霉点,她用手慢慢擦去它们,她感受到手擦去霉点时接触到的似乎是腐烂食物的黏稠。

雨水的不断流动,制止了棚内气温的上升。脚下的雨水分成两片流去,在两片雨水接触的边缘有一些不甚明显的水花,欢乐地向四处跳跃。雨水流去时呈现了无数晶莹的条纹,如丝丝亮光照射过去。雨水的流动里隐蔽着清新和凉爽,那种来自初秋某个黎明时刻,覆盖着土地的清新和凉爽。

她一直忍受着随时都将爆发的呕吐,她双手放入衣内,用手将腹部的皮肤和已经渗满水分的衣服隔离。吴全已经呕吐了好几次,他的身体俯下去时越过了所能承受的最低限度,他的双手紧按着腰的两侧,手抖动时惨不忍睹。张开的嘴显得很空洞,呕吐出来的只是声响和口水,没有食物。恍若一把锉刀在锉着他的嗓子,吐出来时声响使人毛骨悚然。呕吐的欲望在她体内翻滚不已,但她必须忍受。她一旦呕吐,那么吴全的呕吐必将更为猛烈。

她看到对面的塑料雨布上爬动着三只蚰蜒,三只蚰蜒正朝着不同的方向爬去。她似乎看到蚰蜒头上的丝丝绒毛,蚰蜒在爬动时一伸一缩,在雨布上布下三条晶亮的痕迹,那痕迹弯曲时形成了很多弧度。

"还不如去死。"

那是林刚在外面喊叫的声音,他走出了简易棚,脚踩进雨水里的声响稀里哗啦。接下来是关门声。他走入了屋内。

"林刚。"王洪生从简易棚里出来。

"我想死。"林刚在屋内喊道。

她转过脸去看着丈夫,吴全此刻已经仰起了脸,他似乎在期待着以后的声响,然而他听到的是一片风雨之声和塑料雨布已经持续很久了的滴滴答答。于是吴全重又垂下了头。

"王洪生。"是那个女人尖细的嗓音。

她看到丈夫赤裸的上身布满斑斑红点。红点一直往上,经过脖子爬上了他的脸。夜晚的时刻重现以后,她听到了蚊虫成群飞来的嗡嗡声。蚊虫从倾泻的雨中飞来,飞入简易棚,她从来没有想到蚊虫飞舞时会有如此巨大的响声。

"你别出来。"是王洪生的声音。

"凭什么不让我出来。"那是他的妻子。

"我是为你好。"

"我再也受不了了。"她开始哭泣,"你凭什么甩下我,一个人回屋去?"

"我是为你好。"他开始吼叫。

"你走开。"同样的吼叫。他可能拉住了她。

她听到了一种十分清脆的声响,她想是他打了她一记耳光。

"好啊,你——"哭喊声和厮打声同时呈现。

她转过脸去,看到丈夫又仰起了脸。

一声关门的巨响,随后那门发出了被踢打的碎响。

"我不想活了——"

很长的哭声,哭声在雨中呼啸而过。她好像跌坐在地了。门被猛击。

她仔细分辨那扇门的响声,她猜想她是用脑袋击门。

"我不——想——活——了。"

哭声突然短促起来:"你——流——氓——"

妻子骂自己丈夫是流氓。

"王洪生,你快开门。"是别人的叫声。

哭声开始断断续续,雨声在中间飞扬。她听到一扇门被打开了,应该是王洪生出现在了门口。

箫声在钟其民的窗口出现。箫声很长，如同晨风沿着河流吹过去。那傻子总是不停地吹箫。傻子的名称是王洪生他们给的。那一天林刚就站在他的窗下，王洪生在一旁窃笑。林刚朝楼上叫道：

"傻子。"

他居然探出头来。

"大伟。"是李英的喊叫，"星星呢？"

大伟似乎出去很久了。他的回答疲惫不堪：

"没找到。"

李英发出伤心欲绝的哭声："这可怎么办呢？"

"有人在前天下午看见他。"大伟的声音低沉无力，"说星星的眼睛上戴着纸片。"

箫声中断了。

箫声怎么会中断呢？三年来，箫声总是不断出现。就像这雨一样，总是缠绕着他们。在那些晴和的夜晚，吴全的呼噜声从敞开的窗户飘出去，钟其民的箫声却从那里飘进来。她躺在这两种声音之间，她能够很好地睡去。

"他戴着纸片在街上走。"大伟说。

"这可怎么办呢？"李英的哭声虚弱不堪。

她转过脸去，丈夫已经垂下了头。他此刻正在剥去手上因为潮湿皱起的皮肤。颜色泛白的皮肤一小片一小片被剥下来。已经剥去好几层了，一旦这么干起来他就没完没了。他的双手已经破烂不堪。她看着自己仿佛浸泡过久般浮肿的手,她没有剥去那层事实上已经死去的皮肤。如果这么干,那么她的手也将和丈夫的一样。

一条蛐蜒在床架上爬动,丈夫的左腿就架在那里。蛐蜒开始弯曲起来,它中间最肥胖的部位居然弯曲自如。它的头已经靠在了丈夫腿上,丈夫的腿上有着斑斑红点。蛐蜒爬了上去,在丈夫腿上一伸一缩地爬动了。一条晶亮的痕迹从床架上伸展过去,来到了他的腿上,他的腿便和床连接起来了。

"蛐蜒。"她轻声叫道。

吴全木然地抬起头,看着她。

她又说"蛐蜒",同时用手指向他的左腿。

他看到了蛐蜒,伸过左手,企图捏住蛐蜒,然而没有成功,蛐蜒太滑。他改变了主意,手指贴着腿使劲一拨,蛐蜒蜷成一团掉落下去,然后被雨水冲走了。

他不再剥手上的皮肤,他对她说:

"我想回屋去。"

她看着他:"我也想回去。"

"你不能。"他摇摇头。

"不。"她坚持自己的想法,"我要和你在一起。"

"不行。"他再次拒绝,"那里太危险。"

"所以我才要在你身边。"

"不行。"

"我要去。"她的语气很温和。

"你该为他想想。"他指了指她隆起的腹部。

她不再作声,看着他离开床,十分艰难地站起来,他的腿踩入雨水,然后弯着腰走了出去。他在棚外站了一会儿,雨水打在他仰起的脸上,他的眼睛眯了起来。接着她听到了一片哗哗的水声,他走去了。

钟其民的箫声此刻又在雨中飘来。他喜欢坐在他的窗口,他的箫声像风那么长,从那窗口吹来。吴全已经走入屋内,他千万别在床上躺下,他实在是太累了,他现在连说话都累。

"大伟,你再出去找找吧。"李英哭泣着哀求。

他最好是搬一把椅子坐在门口。他会这样的。

大伟踩着雨水走去了。

一扇门打开的声音,接着是林刚的说话声。

"屋里也受不了。"他的声音沮丧不已。

林刚踩着雨水走向简易棚。

吴全已经坐在了屋内,屋内也受不了,他在屋内坐着时神经太紧张。他会感到屋角突然摇晃起来。

吴全出现在简易棚门口,他脸色苍白地看着她。

"又摇晃了。"

二

深夜的时候，钟其民的箫声在雨中漂泊。箫声像是航行在海中的一张帆，在黑暗的远处漂浮。雨一如既往地敲打着雨布，哗哗的流水声从地上升起，风呼啸而过。蚊虫在棚内成群飞舞，在他赤裸的胸前起飞和降落。它们缺乏应有的秩序，降落和起飞时杂乱无章，不时撞在一起。于是他从一片嗡嗡巨响里听到了一种惊慌失措的声音。妻子已经睡去，她的呼吸如同湖面的微浪，摇摇晃晃着远去——这应该是过去时刻的情景，那些没有雨的夜晚，月光从窗口照射进来。现在巨大的蚊声已将妻子的呼吸声淹没。身下的草席蒸腾着丝丝湿气，湿气飘向他的脸，使他嗅到了温暖的腐烂气息。是米饭馊后长出丝丝绒毛的气息。不是水果的糜烂或者肉类的腐败。米饭馊后将出现蓝和黄相交的颜色。

他从床上坐起来，妻子没有任何动静。他感受到无数蚊虫急速脱离身体时的慌乱飞舞，一片乱七八糟的嗡嗡声。他将脚踩入流水，一股凉意油然而生，迅速抵达胸口。他哆嗦了一下。

何勇明的尸首被人从河水里捞上来时，已经泛白和浮肿。那是夏日炎热的中午。他们把他放在树荫下，蚊虫从草丛里结队飞来，顷刻占据了他的全身，他浮肿的躯体上出现了无数斑点。有人走近尸首。无数蚊虫急速脱离尸首慌乱地飞舞。这也是刚才的情景。

我要回屋去。

他那么坐了一会儿,他想回屋去。他感到有一只蚊虫在他吸气时飞入嘴中。他想把蚊虫吐出去,可很艰难。他站了起来,身体碰上了雨布,雨布很凉。外面的雨水打在他赤裸的上身,很舒服,有些寒冷。他看到有一个人站在雨中抽烟,那人似乎撑着一把伞,烟火时亮时暗。钟其民的窗口没有灯光,有箫声如鬼魂般飘出。雨水很猛烈。

我要回屋去。

他朝自己的房屋走去。房屋的门敞开着,那地方看上去比别处更黑。那地方可以走进去。地上的水发出哗哗的响声,水阻挡着他的脚,走时很沉重。

我已经回家了。

他在门口站了一会儿,东南的屋角一片黑暗,他的眼睛感到一无所有。那里曾经扭动,曾经裂开过。现在一无所有。

我为什么站在门口?

他摸索着朝前走去,一把椅子挡住了他,他将椅子搬开,继续往前走。他摸到了楼梯的扶手,床安放在楼上的北端。他沿着楼梯往上走。好像有一桩什么事就要发生,外面纷纷扬扬已经很久了。那桩事似乎很重要,但是究竟是什么?怎么想不起来了?不久前还知道,还在嘴上说过。现在却怎么也想不起来。楼梯没有了,脚不用再抬得那么高,那样实在太费劲。

床是在房屋的北端，这么走过去没有错。这就是床，摸上去很硬。现在坐上去吧，坐上去倒是有些松软，把鞋脱了，上床躺下。鞋怎么脱不下？原来鞋已经脱下了。现在好了，可以躺下了。地下怎么没有流水声？是不是没有听到？现在听到了，雨水在地上哗哗哗哗。风很猛烈，吹着雨布胡乱摇晃。雨水打在雨布上，滴滴答答，这声音已经持续很久了。蚊虫成群结队飞来，响声嗡嗡，在他的胸口降落和起飞。身下的草席正蒸发出丝丝湿气，湿气飘向他的脸，腐烂的气息很温暖。是米饭馊后长出丝丝绒毛的气息。不是水果的糜烂或者肉类的腐败。米饭馊后将出现蓝与黄相交的颜色。我要回屋去。四肢已经没法动，眼睛也睁不开。我要回屋去。

三

清晨的时候，雨点稀疏了。钟其民在窗口坐下，倾听着来自自然的声响。风在空气里随意飘扬，它来自远处的田野，经过三个池塘弄皱了那里的水，又将沿途的树叶吹得摇曳不止。他曾在某个清晨听到一群孩子在远处的争执，树叶在清晨的风中摇曳时具有那种孩子般的清新音色。孩子们的声音可以和清晨联系在一起。风吹入了窗口。风是自然里最持久的声音。

这样的清晨并非常有。有关地震即将发生的消息很早就已来到，随后来到的是梅雨，再后来便是像此刻一样宁静的清晨。这样的清晨排斥了咳嗽和脚步，以及扫帚在水泥地上的划动。

王洪生说："他太紧张了。"他咳嗽了两声："否则从二层楼上跳下来不会出事。"

"他是头朝下跳的，又撞在石板上。"

他们总是站在一起，在窗下喋喋不休，他们永远也无法明白声音不能随便挥霍，所以音乐不会在他们的喋喋不休里诞生，音乐一遇上他们便要落荒而走。然而他们的喋喋不休要比那几个女人的叽叽喳喳来得温和。她们一旦来到窗下，便似有一群麻雀和一群鸭子同时经过，而这经过总是持续不断。

大伟穿着那件深色的雨衣，向街上走去。星星在三天前那个下午，戴上纸眼镜出门以后再也没有回来，大伟驼着背走去，他经常这样回来。李英站在雨中望着丈夫走去，她没有撑伞，雨打在她的脸上。这个清晨她突然停止了哭泣。

他看到吴全的妻子从敞开的屋门走出来，她没有从简易棚里走出来。隆起的腹部使她两条腿摆动时十分粗俗。她从他窗下走了过去。

"她要干什么？"林刚问。

"可能去找人。"是王洪生回答。

他们还在下面站着。清晨的宁静总是不顺利。他曾在某个清晨躺在大宁河畔，四周的寂静使他清晰地听到了河水的流动,那来自自然的声音。

她回来时推着一辆板车,她一直将板车推到自己屋门口停下,然后走入屋内。隆起的腹部使她的举止显得十分艰难。她从屋内出来时更为艰难,她抱着一个人。她居然还能抱着一个人走路。有人上去帮助她。他们将那个人放在了板车上。她重新走入屋内,他们则站在板车旁。他看到躺在板车上那人的脸刚好对着他,透过清晨的细雨他看到了吴全的脸。那是一张丧失了表情的脸,脸上的五官像是孩子们玩积木时搭上去的。她重又从屋里出来,先将一块白布盖住吴全,然后再将一块雨布盖上去,有人打算去推车,她摇了摇手,自己推起了板车。板车经过窗下时,王洪生和林刚走上去,似乎要帮助她。她仍然是摇摇手。雨点打在她微微仰起的脸上,使她的头发有些纷乱。他看清了她的脸,她的脸使他想起了一支名叫《什么是伤心》的曲子。她推着车,往街的方向走去。她走去时的背影摇摇晃晃,两条腿摆动时很艰难,那是因为腹中的孩子,尚未出世的孩子和她一起在雨中。

不久之后那块空地上将出现一个新的孩子,那孩子摸着墙壁摇摇晃晃地走路,就像他母亲的现在。孩子很快就会长大,长到和现在的星星一样大。这个孩子也会喜欢箫声,也会经常偷偷坐到他的脚旁。

她走去时踩得雨水四溅,她身上的雨衣有着清晨的亮色,他看清了她走去时是艰难而不是粗俗。一个女人和一辆板车走在无边的雨中。

在富春江畔的某个小镇里,他看到了一支最隆重的送葬队伍。花圈和街道一样长,三十支唢呐仰天长啸,哭声如旗帜一样飘满了天空。

第五章

一

一片红色的果子在雨中闪闪发亮,参差其间的青草摇晃不止。这情景来自最北端小屋的窗上。

街道两端的雨水流动时,发出河水一样的声响。雨遮住了前面的景色,那片红果子就是这样脱离了操场北端的草地,在白树行走的路上闪闪发亮。在这阴雨弥漫的空中,红色的果子耀眼无比。

四天前的这条街道曾经像河水一样波动起来,那时候他和王岭坐在影剧院的台阶上。那个下午突然来到的地震,使这条街道上充满了惊慌失措的情景。当他迅速跑回最北端的小屋时,监测仪没有出现异常情况。后来,梅雨重又猛烈起来以后,顾林他们来到了他的面前。

就在这里,那棵梧桐树快要死去了。他的脑袋就是撞在这棵树上的。

顾林他们挡住了他。

"你说,"顾林怒气冲冲,"你是在造谣。"

"我没有造谣。"

"你再说一遍地震不会发生。"

他没有说话。

"你说不说?"

他看到顾林的手掌重重地打在自己脸上,然后胸膛挨了一拳,是陈刚干的。

陈刚说:"你只要说你是在造谣,我们就饶了你。"

"监测仪一直很正常,我没有造谣。"

他的脸上又挨了一记耳光。

顾林说:"那么你说地震不会发生。"

"我不说。"

顾林用腿猛地扫了一下他的脚,他摇晃了一下,没有倒下。陈刚推开了顾林,说:"我来教训他。"

陈刚用脚猛踢他的腿。他倒下去时雨水四溅,然后是脑袋撞在梧桐树上。

就在这个地方,四天前他从雨水里爬起来,顾林他们哗哗笑着走了。他很想告诉他们,监测仪肯定监测到了那次地震,只是当初他没在那座最北端的小屋,所以事先无法知道地震。但是他没有说,顾林他们走远以后还转过身来朝他挥了挥拳头。当初他没在小屋里，所以他不能说。

一片树叶在街道的雨水里移动。最北端小屋的桌面布满水珠，很像一片雨中的树叶。四天来他首次离开那间小屋。监测仪持续四天没有出现异常情况。现在他走向县委大院。

那个身材矮小的中年人和蔼可亲。他和顾林他们不一样，他会相信他所说的话。

他已经走入县委大院，在很多简易棚中央，是他的那个最大的简易棚。他走在街上时会使众人仰慕，但他对待他亲切和蔼。

他已经看到他了，他坐在床上疲惫不堪。四天前在他身边的人现在依然在他身边。那人正在挂电话。他在他们棚口站着。他看到了他，但是他没有注意，他的目光随即移到了电话上。

他犹豫了很久，然后说："监测仪一直很正常。"

电话打通了。那人对着话筒说话。

他似乎认出他来了，他向他点点头。那人说完了话，把话筒搁下。他急切地问："怎么样？"

那人摇摇头："也没有解除警报。"

他低声骂了一句："他娘的，这日子怎么过。"随后他才问他："你说什么？"

他说："四天来监测仪一直很正常。"

"监测仪？"他看了他很久，接着才说，"很好，很好。

你一定要坚持监测下去，这个工作很重要。"

他感到眼前出现了几颗水珠。他说："顾林他们骂我是在造谣。"

"怎么可以骂人呢。"他说，"你回去吧。我会告诉你们老师去批评骂你的同学。"

物理老师说过，"监测仪可以预报地震"。

他重新走在了街上。他知道他会相信他的。然后他才发现自己没有告诉他一个重要情况，那就是监测仪肯定监测到了四天前的小地震，可是当初他没在场。

"以后告诉他吧。"他对自己说。

物理老师的妻子此刻正坐在简易棚内，透过急泻的雨水能够望到她的眼睛。她曾经在某个晴朗的下午和他说过话。那时候操场上已经空空荡荡，他独自一人往校门走去。

"这是你的书包吗？"她的声音如在草地上突然盛开的遍地鲜花。对书包的遗忘，来自她从远处走来的身影。

"白树。"

雨水在空中飞舞。呼喊声来自雨水滴答不止的屋檐下，在陈旧的黑色大门前坐着陈刚。

"你看到顾林他们了吗？"

陈刚坐在门槛上，蜷缩着身体。

白树摇摇头。飘扬的雨水阻隔着他和陈刚。

"地震还会不会发生？"

白树举起手抹去脸上的雨水。他说：

"监测仪一直很正常。"

他没有说地震不会发生。

陈刚也抹了一下脸，他告诉白树：

"我生病了。"

一阵风吹来，陈刚在风中哆嗦不止。

"是发烧。"

"你快点回去吧。"白树说。

陈刚摇摇头："我死也不回简易棚。"

白树继续往前走去。陈刚已经病了，可老师很快就要去批评他。四天前的事情不能怪他们。他不该将过去的事告诉县革委会主任。

吴全的妻子推着一辆板车从雨中走来。车轮在街道滚来时水珠四溅，风将她的雨衣胡乱掀动。板车过来时，风让他看到了吴全宁静无比的脸。生命闪耀的日光在父亲的眼睛里猝然死去，父亲脸上出现了安详的神色。吴全的妻子推着板车艰难前行。

多年前的那个傍晚霞光四射，吴全的妻子年轻漂亮。那时候没有人知道她会嫁给谁。在那座大桥上，她和吴全站在一起。有一艘木船正从水面上摇曳而来，两端的房屋都敞开着窗户，水面上漂浮着树叶和菜叶。那时候他从桥上走过，提着油瓶望着他们。还有很多人也像他这样望着他们。

那座木桥已经拆除,后来出现的是一座水泥桥。他现在望到那座桥了。

二

物理老师的妻子一直望着对面那堵旧墙,雨水在墙上飞舞倾泻,如光芒般四射。很久以前就已经开始的情景,此刻依然生机勃勃。旧墙正在接近青草的颜色,雨水在墙上唰唰奔流,丝丝亮光使她重温了多年前的某个清晨,她坐在餐桌旁望着窗外一片风中青草,青草倒向她目光所去的方向。

——太阳出来了。老师念起了课文。
——太阳出来了。同学跟着念。
——光芒万丈。
——光芒万丈。

日出的光芒生长在草尖上,丝丝亮光倒向她目光所去的方向。旧墙此刻在雨中的情景,是在重复多年前那个清晨。

四天前鼓舞人心的撤离只是昙花一现。地震不会发生的消息从校外传来,体育老师最先离去,然后是她和丈夫。他们的撤离结束在那堵围墙下。那时候她已经望到那扇乳黄色家门了,然而她却开始往回走了。

住在另一扇乳黄色屋门里的母亲喜欢和猫说话:

——你要是再调皮,我就剪你的毛。

身边有一种哼哼声,丈夫的哼哼声由来已久,犹如雨布上的滴滴答答一样由来已久。

棚外的风雨之声什么时候才能终止!太阳什么时候才能从课本里出来!

——光芒万丈。

——照耀着大地。

撕裂声来自何处?

丈夫坐在厨房门口,正将一些旧布撕成一条一条。

——扎一个拖把。他说。

她转过脸去,看到丈夫正在撕着衬衣。长久潮湿之后,衬衣正走向糜烂。他将撕下的衣片十分整齐地放在腿上。

她伸过手去,抓住他的手。

"别这样。"她说。

他转过脸来,露出幸灾乐祸的微笑。

他继续撕着衬衣。她感到自己的手掉落下去,她继续举起来,又掉落下去。

"别这样。"她又说。

他的笑容在脸上迅速扩张,他的眼睛望着她,他撕给她看。她看到他的身体颤抖不已。他已经虚弱不堪,不久之后他便停止了手上的工作,脸上的微笑也随即消失,然后双手撑住床沿,气喘吁吁。

她将目光移开，于是雨水飞舞的旧墙重又出现。

——北京在什么地方？她问。

只有一个学生举手。

——康伟。

康伟站起来，用手指着自己的心脏。

——北京在这里。

——还有谁来回答？

没有学生举手。

——现在来念一遍歌词：我爱北京天安门……

床摇晃了一下，她看到丈夫站了起来，头将塑料雨布顶了上去。然后他走出了简易棚，走入飞扬的雨中。他的身体挡住了那堵旧墙。他在那里站着。破烂的衣衫在风雨里摇摆，雨水飞舞的情景此刻在他背上呈现。他走开以后那堵旧墙复又出现。

那个清晨，丝丝亮光倒向她目光所去的方向。

父亲说：

——刘景的鸽子。

一只白色的鸽子飞向日出的地方，它的羽毛呈现了丝丝朝霞的光彩。

旧墙再度被挡住。一个孩子的身体出现在那里。孩子犹犹豫豫地望着她。

孩子说："我是来告诉物理老师，监测仪一直很正常的。"

她说:"进来吧。"

孩子走了进来,他的头碰上了雨布,但是没有顶起来。他的雨衣在流水。

"脱下雨衣。"她说。

孩子脱下了雨衣。他依然站着。

"坐下吧。"

他在离她最远的床沿上坐下,床又摇晃了一下。现在身边又有人坐着了。傍晚时刻的阳光从窗户外进来,异常温暖。

她是否已经告诉他物理老师马上就会回来?

旧墙上的雨水飞飞扬扬。

曾经有一种名叫丁香的小花,在她家的门槛下悄悄开放过。它的色泽并不明艳。

——这就是丁香。姐姐说。

于是她知道丁香并不美丽动人。

——没有它的名字美丽。

第六章

一

傍晚的时候，大伟从街上回来时依然独自一人。李英的声音在雨中凄凉地洋溢开：

"没有找到？"

"我走遍全镇了。"大伟踩着雨水走向妻子。

然后什么声音也没有了。

钟其民说："我知道星星在什么地方。"

吴全的妻子躺在床上。钟其民坐在窗旁的椅子里，他一直看着她隆起的腹部，在灰暗的光线里，腹部的影子在墙上微微起伏。不久之后，就会有一个孩子出现在空地上，他扶着墙壁摇摇晃晃地走路，孩子很快就会长大，长到和星星一样大。

星星不会回来了。

钟其民又说："我知道他在什么地方。"

吴全的妻子从火化场回来以后，没再去简易棚，而是走入家中，然后钟其民也走入吴全家中。

箫声飞向屋外的雨中。箫声和某种情景有关，是这样的情景：阳光贴着水面飞翔，附近的草地上有彩色的蝴蝶。但是草地上没有行走的孩子，孩子还没有出生。

钟其民并不是跟着吴全的妻子来到这里，他是跟随她隆起的腹部走入她家中。

现在吴全的妻子已经坐起来了。她的眼睛在灰暗的屋中有着水一般地明亮。

运河即将进入杭州的时候，田野向四周伸延，手握镰刀、肩背草篮的男孩，可能有四个，向他走来。那时候箫声在河面上波动。

吴全的妻子依然坐在床上，窗外的雨声在风里十分整齐。似乎已经很久了，人为的嘈杂之声渐渐消去。寂静来到雨中，像那些水泥电线杆一样安详矗立。雨声以不变的节奏整日响着，简单也是一种宁静。

吴全的妻子站了起来，她的身体转过去时有些迟缓。她是否准备上楼？楼上肯定也有一张床。她没有上楼，而是走入一间小屋，那可能是厨房。

"啊——"

一个女人的惊叫，犹如一只鸟突然在悬崖上俯冲下去。

"蛇——"

女人有关蛇的叫声拖得很长,追随着风远去。

"蛇,有蛇。"

叫声短促起来了。

似乎是逃出简易棚时的惊慌声响,脚踩得雨水胡乱四溅。

"简易棚里有蛇。"

没有人理睬她。

"有蛇。"

她的声音轻微下去,她现在是告诉自己。然后她记忆起哭声来了。

为什么没有人理睬她?

她的哭声盘旋在他们的头顶,哭声显得很单薄,瓦解不了雨中的寂静。

钟其民听到厨房里发出锅和什么东西碰撞的声音。她大概开始做饭了。她现在应该做两个人的饭,但吃的时候是她一个人。她腹中的孩子很快就会出世,然后迅速长大,不久后便会悄悄来到他脚旁,来到他的箫声里。

箫声一旦出现,立刻覆盖了那女人的哭泣。雨中的箫声总是和阳光有关。天空应该是蓝色的,北方的土地和阳光有着一样的颜色。他曾经在那里行走了一天,他的箫声在阳光下的土地上飘扬了一日。有一个男孩是在几棵光秃秃的树木之间出现的,他皮肤的颜色摇晃在土地和阳光之间,或者两者都是。男孩跟在他身后行走,他的眼睛漆黑如海洋的心脏。

吴全的妻子此刻重新坐在了床上,她正望着他。她的目光闪闪发亮,似乎是星星的目光。那不是她的目光,那应该是她腹中孩子的目光。尚未出世的孩子已经听到了他的箫声,并且借他母亲的眼睛望着他。

有一样什么东西轰然倒塌。似乎有人挣扎的声音。喊声被包裹着。

终于挣扎出来的喊声是林刚的:

"王洪生,我的简易棚倒了。"

他的声音如惊弓之鸟:

"我还以为地震了。"

他继续喊:

"王洪生,你来帮我一把。"

王洪生没有回答。

"王洪生。"

王洪生疲惫不堪的声音从简易棚里出来:

"你到这里来吧。"

林刚站在雨中:

"那怎么行,那么小的地方,三个人怎么行。"

王洪生没再说话。

"我自己来吧。"林刚将雨布拖起来时,有一片雨水倾泻而下。没有人去帮助他。

吴全的妻子此刻站起来,重新走入厨房。他听到锅被端起来的声响。他对自己说：

"该回去了。"

二

她感受着汗珠在皮肤上到处爬动，那些色泽晶莹的汗珠。有着宽阔的叶子的树木叫什么名字？在所有晴朗的清晨，所有的树叶都将布满晶莹的露珠。日出的光芒射入露珠，呈出一道道裂缝。此刻身上的汗珠有着同样的晶莹，却没有裂缝。

滴答之声永无休止地重复着，身边的哼哼已经消失很久了，丈夫是否一去不返？后来来到的是那个名叫白树的少年，床上又坐着两个人了。少年马上又会来到，只要是在想起他的时候，他就会来到。那孩子总是那样安安静静地坐在那里，没有哼哼声，也不扯衬衣，但是床上又坐着两个人了。

旧墙上的雨水以过去的姿态四溅着。此刻有一阵风吹来，使简易棚上的树叶发出摇晃的响声，开始瓦解那些令人窒息的滴答声。风吹入简易棚，让她体会到某种属于清晨户外的凉爽气息。

——现在开始念课文。

语文老师说：

——陈玲，你来念这一页的第四节。

她站了起来：

——风停了，雨住了……

雨水四溅的旧墙被一具身体挡住，身体移了进来，那是丈夫的身体。丈夫的身体压在了床上。白树马上就会来到，可是床上已经有两个人了。她感到丈夫的目光闪闪发亮。他的一只手伸入了她的衣内，迅速抵达胸前，另一只手也伸了进来，仿佛是在脊背上。

有一个很像白树的男孩与她坐在同一张课桌旁。

——风停了，雨住了……

丈夫的手指上安装着熟悉的言语，几年来不断重复的言语，此刻反复呼唤着她的皮肤。

可能有过这样一个下午，少年从阳光里走来，他的黑发在风中微微飞扬。他肯定是从阳光里走来，所以她才觉得如此温暖。

身旁的身体直立起来，她的躯体控制在一双手中，手使她站立，然后是移动，向那雨水飞舞的旧墙。是雨水打在脸上，还有风那么凉爽。清晨打开窗户，看到青草如何迎风起舞。

那双手始终控制着她，是一种熟悉的声音在控制着她，她的身体和另一个身体在雨中移动。

雨突然从脸上消失，风似乎更猛烈了。仿佛是来到走廊上，左边是教室，右边也是教室。现在开始上楼，那具身体在前面引导着她。

手中的讲义夹掉落在楼梯上，一沓歌谱如同雪花纷纷扬扬。

——是好学生的帮我捡起来。

学生在不远的地方也像雪花一样纷纷扬扬。

现在楼梯走完了。她的身体和另一具身体来到一间屋子里。黑板前应该有一架风琴，阳光从窗外的树叶间隙里进来，在琴键上流淌。没有她的手指风琴不会歌唱。

好像是课桌移动的声响，像是孩子们在操场上的喊声一样，嘈嘈杂杂。值日的学生开始扫地了，他们的扫帚喜欢碰撞在一起，灰尘飞飞扬扬，像那些雪花和那些歌谱。

还是那双熟悉的手，使她的身体移过去，然后是脚脱离了地板。她的身体躺了下来，那双手开始对她的衣服说话了。那具身体上来了，躺在她的身体上。一具身体正用套话呼唤着另一具身体。

曾经有一只麻雀从窗外飞进来，飞入风琴的歌唱里。孩子们的目光追随着麻雀飞翔。

——把它赶出去。

学生们蜂拥而上，他们不像是要赶走它。

有一样什么东西进入了她的体内。应该能够记忆起来。是一句熟悉的言语，一句不厌其烦反复使用的言语进入了体内。上面的身体为何动荡不安？

她开始明白了，学生们是想抓住麻雀。

——别赶它了。

麻雀后来是自己飞出教室的。

三

这天下午,大伟从街上回来,李英的哭声沉默已久后再度升起。

大伟回来时带来了一个孩子,他的喊声还在胡同里时就飞翔了过来。

"李英,李英——星星来了!"

在一片哭声里,脚踩入雨水中的声响从两端接近。

"星星!"

是李英抱住孩子时的嗷叫。

孩子被抱住时有一种惊慌失措的挣扎声:

"嗯——啊——哇——"什么的。

"我是在垃圾堆旁找到他的。"大伟的声音十分嘹亮。

"台风就要来了。"依然是嘹亮的嗓音。

在风雨里扬起的只有他们的声响。没有人从简易棚里出来,去入侵他们的喜悦。

"台风就要来了。"

大伟为何如此兴高采烈,是星星回来了,还是台风就要来了?

星星回来了。

吴全的妻子坐在床上看着钟其民,那时候钟其民举起了箫。

戴着纸眼镜的星星能够看到一切,他走了很多路回到了家中。箫声飞翔而起。

暮色临近,田野总是无边无际,落日的光芒温暖无比。路在田野里的延伸,犹如鱼在水里游动时一样曲折。路会自己回到它出发的地方,只要一直往前走,也就是往回走。

李英的哭声开始轻微下去,她模糊不清地向孩子叙说着什么。大伟又喊叫了一声:

"台风就要来了。"

他们依然站在雨中。

"台风就要来了。"

没有人因为台风而走出简易棚,和他们一样站到雨中。他们开始往简易棚走去。

钟其民一直等到脚在雨水里的声响消失以后,才重又举起箫。

应该是一片刚刚脱离树木的树叶,有着没有尘土的绿色,它在接近泥土的时候风改变了它的命运。于是它在一片水上漂浮了,闪耀着斑斑阳光的水爬上了它的身体。它沉没到了水底,可是依然躺在泥土之上。

大伟他们的声音此刻被风雨替代了。星星应该听到了他的箫声,星星应该偷偷来到他的脚旁。可是星星一直没有来。

他开始想起来了，想起来自己置身何处。星星不会来到这里，这里的窗口不是他的窗口。于是他站起来，走到屋外，透过一片雨点，他望到了自己的窗口。星星此刻或许已经坐在那里了。他朝那里走去。

四

很久以后，她开始感觉到身体在苏醒过程中的沉重，雨水飞扬的声音从敞开的窗户流传进来。她转过脸，看着窗外的风雨在树上抖动。然后她才发现自己赤裸着下身躺在教室里。这情景使她吃了一惊。她迅速坐起来，穿上衣服，接着在椅子里坐下。

她开始努力回想在此之前的情景，似乎是很久以前了，她依稀听到某种扯衬衣的声音，丈夫的形象摇摇晃晃地出现，然后又摇摇晃晃地离去。此后来到的是白树，他坐在她身旁，十分安静。

她坐在简易棚中，独自一人。那具挡住旧墙的身体是谁的？那具身体向她伸出了手，于是她躺到了这里。

她站起来，向门口走去。走到楼梯口时，那具引导她上楼的身体再度摇摇晃晃地出现。但是她无法想起来那是谁。

她走下楼梯，看到了自己的简易棚在走廊之外的雨中，然后看到丈夫坐在棚内。她走了过去。

当在丈夫身旁坐下时,她立刻重又看到自己在教室里赤裸着下身。她感到惊恐不已。她伸过手去抓住丈夫的手。

丈夫垂着头没有丝毫反应。

"我刚才……"

她听到自己的声音异常陌生。

"请原谅我。"她低声说。

丈夫依然垂着头。

她继续说:"我刚才……"她想了好一阵,接着摇摇头:"我不知道。"

丈夫将被她抓着的手抽了出来,他说:

"太沉了。"

他的声音疲惫不堪。

她的手滑到了床沿上,她不再说话,开始望着那堵雨水飞舞的旧墙。

仿佛过去了很久,她微微听到校门口的喇叭里传来台风即将到来的消息。

"台风要来了。"她告诉自己。

屋顶上的瓦片掉落在地后破碎不堪,树木躺在了地上,根须夹着泥土全部显露出来。

丈夫这时候站了起来。他拖着腿走出了简易棚,消失在雨中。台风过去之后阳光明媚。可是屋前的榆树已被吹倒在地,她问父亲：

——是台风吹的吗？

父亲正准备出门。

她发现树旁的青草安然无恙，在阳光里迎风摇动。

——青草为什么没有被吹倒？

五

赛里木湖在春天时依然积雪环绕，有一种白颜色的鸟在湖面上飞动，它的翅膀像雪一样耀眼。

钟其民坐在自己的窗口，星星一直没有来。他吹完了星星曾经听过的最后一支曲子。

他告诉自己：那孩子不是星星。

然后他站起来，走下楼梯后来到了雨中。此刻雨点稀疏下来了。他向吴全家走去。

吴全的妻子没有坐在床上，他站在她家的门口，接着他看到她已经搬入简易棚了。她坐在简易棚内望着他的目光，使他也走了进去。他在她身旁坐下。

那时候大伟的简易棚内传出了孩子的哭闹声。孩子的叫声断断续续：

"我要回家。"

"不是星星。"他对她说。

六

现在床上又坐着两个人了。

白树从口袋里摸出红色的果子，递向物理老师的妻子。

"这是什么？"

她的声音从来没有这么近地来到他耳中，她的声音还带来了她的气息，那是一种潮湿已久有些发酸的气息。但这是她的气息，这气息来自她衣服内的身体。

她的手碰了一下他的手，一个野果被她放入嘴中。她的嘴唇十分轻微地嚅动起来。一种紫红色的果汁从她嘴角悄悄溢出。然后她看了看他手掌里的果子，他的手掌依然为她摊开。于是她的两只手都伸了过去，包住了他的手，他的手被掀翻，果子纷纷落入她的手掌。

他侧脸看着她，她长长的颈部洁白如玉，微微有些倾斜，有汗珠在上面爬动。脖颈处有一颗黑痣，黑痣生长在那里，十分安静，它没有理由不安静。有几缕黑发飘洒下来，垂挂在洁白的皮肤上。她的脖子突然奇妙地扭动了一下，那是她的脸转过来了。

现在床上又坐着两个人了。这样的情景似乎已经持续很久了。丈夫在很久以前就已经离开她了。后来有一具身体挡住了那堵旧墙，白树来到了她身旁。她开始想起来，想起那具引导她进入教室的身体。

是否就是白树的身体？

此刻眼前的旧墙再度被挡住，似乎有两具身体叠在那里。她听到了询问的声音：

"要馒头吗？"

她看清了是一个男人，他身后是一个提着篮子的女人。

"刚出笼的馒头。"

说话的男人是王立强，白树认出来了。母亲跟在王立强的身后。母亲已经看到自己了，她拉了拉王立强，他们离去时很迅速。

那堵雨水飞舞的旧墙重又出现。多年前，那座城市里也这样雨水飞舞。她撑着伞在那里等候公共电车。有两个少年站在她近旁的雨水中，他们的头发如同滴水的屋檐。后来有一个少年钻到了她的伞下。

——行吗？

——当然可以。

另一个少年异常清秀，可他依然站在雨中。他不时偷偷回头朝她张望。

——是你的同学吗？

——是的。

——你也过来吧。

她向他喊道。他转过身来摇摇头，他的脸出现害羞的红色。

——他不好意思。

那个清秀的少年一直站在雨中。

也是这样一个初夏的时刻，那个初夏有着明媚的阳光，那个初夏没有乌云胡乱翻滚。那时候他正坐在校门附近的水泥架上，他的两条腿在水泥板下随意摇晃。学校的年轻老师几乎都站在了校门口。他知道这情景意味着什么。物理老师的城市妻子在这个下午将要到来。她的美丽在顾林、陈刚他们那里已经流传很久。他的腿在装模作样地摇晃，他看到那些年轻老师在烈日下擦汗，他的腿一直在摇晃。身旁有一棵梧桐树，梧桐树宽大的树叶在他上面摇晃。

那些年轻的老师后来在校门口列成两排，他看到他们都嘻嘻笑着开始鼓掌。物理老师带着他的妻子走来。物理老师走来时满脸通红，但他骄傲无比。他的妻子低着头咻咻笑着。她穿着黑裙向他走来，黑色的裙子在阳光下艳丽无比。

一九九二年一月

四月三日事件

我胆小如鼠

一

早晨八点钟的时候,他正站在窗口。他好像看到很多东西,但都没有看进心里去。他只是感到户外有一片黄色很热烈。"那是阳光。"他心想。然后他将手伸进了口袋,手上竟产生了冷漠的金属感觉。他心里微微一怔,手指开始有些颤抖。他很惊讶自己的激动。然而当手指沿着那金属慢慢挺进时,那种奇特的感觉却没有发展,它被固定下来了。于是他的手也立刻凝住不动。渐渐地,它开始温暖起来,温暖如嘴唇。可是不久后这温暖突然消失。他想此刻它已与手指融为一体了,因此也便如同无有。它那动人的炫耀,已经成为过去的形式。

那是一把钥匙,它的颜色与此刻窗外的阳光近似。它那不规则起伏的齿条,让他无端地想象出某一条凹凸艰难的路,或许他会走到这条路上去。

现在他应该想一想，它和谁有着密切的联系。是那门锁。钥匙插进门锁并且转动后，将会发生什么。可以设想一把折叠纸扇像拉手风琴一样拉开了半扇，这就是房门打开时的弧度。无疑这弧度是优雅而且从容的。同时还会出现某种声音，像手风琴拉起来后翩翩出现的第一声，如果继续往下想，那一定是他此刻从户外走进户内。而且他还嗅到一股汗味，这汗味是他的。他希望是他的，而不是他父母的。

可以让他知道，当他想象着自己推门而入时，他的躯体却开始了与之对立的行为。很简单，他开门而出了。并且他现在已经站到了门外。他伸手将门拉过来。在最后的时刻里，他猛地用力，房门撞在门框上。那声音是粗暴并且威严的，它让他——出去。

不用怀疑，他现在已经走在街上了。然而他并没有走动的感觉，仿佛依旧置身于屋内窗前。也就是说，他只是知道却并没有感到自己正走在街上。他心里暗暗吃惊。

此刻，他的视线里出现了飘扬的黑发，黑发飘飘而至。那是白雪走到他近旁。白雪在没有征兆的情况下突然出现，让他颇觉惊慌。

她曾经身穿一件淡黄的衬衣坐在他斜对面的课桌前。她是在那一刻里深深感动了他，尽管他不知道是她还是那衬衣让他感动。但他饱尝了那一次感动所招引来的后果，那后果便是他每次见到她时都心惊肉跳。

可是此刻她像一片树叶似的突然掉在他面前时,他竟只是有点惊慌罢了。

他们过去是同学,现在他们之间什么也没有了。她也没再穿那件令人不安的黄衬衣。然而她却站在了他面前。

显然她没有侧身让开的意思,因此应该由他走到一旁。当他走下人行道时,他突然发现自己踩在她躺倒在地的影子上,那影子漆黑无比。那影子一动不动。这使他惊讶起来。他便抬起眼睛朝她看去。

她刚好也将目光瞟来。她的目光非常奇特。仿佛她此刻内心十分紧张。而且她似乎在向他暗示,似乎在暗示附近有陷阱。随即她就匆匆离去。

他迷惑不解,待她走远后他才朝四周打量起来。不远处有一个中年男子正靠在梧桐树上看着他,当他看到他时,他迅速将目光移开,同时将右手伸进胸口。他敢断定他的胸口有一个大口袋。然后他的手又伸了出来,手指间夹了一根香烟。他若无其事地点燃香烟抽了起来。但他感到他的若无其事是装出来的。

二

他躲在床上几乎一夜没合眼。户外寂静无比,惨白的月光使窗帘幽幽动人。窗外树木的影子贴在窗帘上,隐约可见。

他在追忆着以往的岁月。他居然如此多愁善感起来,连他自己都有些吃惊。

他看到一个男孩正离他远去,背景是池塘和柳树。男孩每走几步总要回头朝他张望,男孩走在一条绳子一样的小路上。男孩绝非恋恋不舍,他也并不留恋。男孩让他觉得陌生,但那张清秀的脸、那蓬乱的黑发却让他亲切。因为男孩就是他,就是他以往的岁月。

以往的岁月已经出门远行,而今后的日子却尚未行动。他躺在床上似乎有些不知所措。但他已经目送那清秀的男孩远去,而不久他就将与他背道而去。

他就这样躺着,他在庆祝着自己的生日。他是如此郑重其事地对待这个刚刚来到又将立即离去的生日。那是因为他走进了十八岁的车站,这个车站洋溢着口琴声。

傍晚的时候,他没有看到啤酒,也没有看到蛋糕。他和平常一样吃了晚饭,然后他走到厨房里去洗碗。那个时候父母正站在阳台上聊天。洗好碗以后,他就走到他们的卧室,偷了一根父亲的香烟。如今烟蒂就放在他枕边,他不想立即把它扔掉。而他床前地板上则有一堆小小的烟灰。他是在抽烟时看到那个男孩离他远去的。

今天是他的生日，谁也不知道。他的父母早已将此忘掉。他不责怪他们，因为那是他的生日，而不是他们的。

此刻当那个男孩渐渐远去时，他仿佛听到自己的陌生的脚步走来，只是还没有敲门。

他设想着明日早晨醒来时的情景。当他睁开眼睛时将看到透过窗帘的阳光，如果没有阳光，他将看到一片阴沉。或许还会听到屋檐滴水的声音。但愿不是这样，但愿那个时候阳光灿烂，于是他就将听到户外各种各样的声音，那声音如阳光一样灿烂。邻居的四只鸽子那时正在楼顶优美地盘旋。然后他起床了，起床以后他站在了窗口。这时他突然感到明天站在窗口时会不安，那不安是因为他蓦然产生了无依无靠的感觉。

无依无靠，他找到了这个十八岁生日之夜的主题。

现在他明显地感到自己的眼睛在发生变化，那眼睛突然变得寒冷起来，并且闪闪烁烁。因此他开始思考，思考他明天会看到些什么。尽管明天看到的也许仍是以往所见，但他预感将会不一样了。

三

现在他要去的是张亮家。

刚才白雪的暗示和那中年男子的模样使他费解，同时又让他觉得滑稽。他后来想，也许这只是错觉，可随后又觉得那样真实。他感到不应该让自己的思维深陷进去，却又无力自拔。那是因为白雪的缘故，仿佛有一件黄衬衣始终在这思维的阴影里飘动。

他已经走进了一条狭窄的胡同，两旁是高高的院墙，墙上布置着些许青苔，那青苔像是贴标语一样贴上去的。脚下是一条石块铺成的路，因为天长日久，已经很不结实，踩上去时石块摇晃起来。他走在一条摇摇晃晃的胡同里。他的头顶上有一条和胡同一样的天空，但这一条天空被几根电线切得更细了。

他想他应该走到张亮家门口了。那扇漆黑的大门上有两个亮闪闪的铜环。他觉得自己已经抓住了铜环，已经推门而入了。而且他应该听到一声老态龙钟的响声，那是门被推开时发出来的。展现在眼前的是一个潮湿的天井。右侧便是张亮家。

也许是在此刻，那件黄衬衣才从他脑中消去，像一片被阳光染黄的浮云一样飘去了。张亮的形象因为走近了他家才明朗起来。

"他妈的是你。"张亮打开房门时这样说。

他笑着走了进去，像走进自己的家。

他们已经不再是同学，他们已经是朋友了。在他们彻底离开学校的那一刻，他感到自己拥有了朋友，而以前只是同学。

门窗紧闭，白色的窗帘此刻是闭合的状态。窗帘上画着气枪和弹弓，一颗气枪子弹和一颗弹弓的泥丸快要射撞在一起。这是张亮自己画上去的。

他想他不在家，但当他走到门旁时，却听到里面在窃窃私语。他便将耳朵贴在门上，可听不清楚。于是他就敲门，里面的声音戛然而止。

过了好一会儿，门才打开，张亮看到他时竟然一怔。随后他嘴里不知嘟囔了一句什么，便自己转过身去了。他不禁迟疑了一下，然后才走进去。于是他又看到了朱樵和汉生。他俩看到他时也是一怔。

他们的神态叫他暗暗吃惊。仿佛他们不认识他，仿佛他不该这时来到。总之他的出现使他们吃了一惊。

他在靠近窗口的一把椅子上坐下来，那时张亮已经躺在床上了。张亮似乎想说句什么，可只是朝他笑笑。这种莫名其妙的笑容出现在张亮脸上，他不由吓了一跳。

这时朱樵开口了，他问："你怎么知道我们在这里？"

朱樵的询问比张亮的笑容更使他不安。他不知该如何回答。他是来找张亮的，可朱樵却这样问他。

汉生躺在长沙发里，他闭上眼睛了。那样子仿佛他已经睡了两个小时了。

当他再去看朱樵时，朱樵正认真地翻看着一本杂志。

只有张亮仍如刚才一样看着他。但张亮的目光使他坐立不安。他觉得自己在张亮的目光中似乎是一块无聊的天花板。

他告诉他们:"昨天是我的生日。"

他们听后全跳起来,怒气冲冲地责骂他,为什么不让他们知道。然后他们便掏口袋了,掏出来的钱只够买一瓶啤酒。

"我去买吧。"张亮说着走了出去。

张亮还在看着他,他不知所措。显而易见,他的突然出现使他们感到不快,他们似乎正在谈论着一桩不该让他知道的事。在这么一个阳光灿烂的上午,他悲哀地发现了这一点。

他蓦然想起了白雪。原来她并没有远去,她只是暂时躲藏在某一根电线杆后面。她随时都会突然出现拦住他的去路。她那瞟来的目光是那么地让人捉摸不透。

"你怎么了?"

他似乎听到张亮这样问,或许是朱樵或者汉生这样问。他想离开这里了。

四

他在一幢涂满灰尘的楼房前站住,然后仰头寻找他要寻找的那个窗口。那个窗口凌驾于所有窗口之上,窗户敞开着,像死人张开的嘴。窗台上放着一只煤球炉子,一股浓烟滚滚而出,在天空里弥漫开。这窗口像烟囱。

他像走入一个幽暗的山洞似的走进了这楼房。他的脚摸到了楼梯，然后小心翼翼地拾级而上。他听到自己的脚步声，竟是那样地空洞，令人不可思议。接着他又听到了另一个同样空洞的脚步，起先他以为是自己脚步的回声。然而那声音正在慢慢降落，降落到他脚前时蓦然消失。他这才感到有一个人已经站在他面前，这人挡住了他。他听到他微微的喘息声，他想他也听到了。随后那人的手伸进口袋摸索起来，这细碎的声响突然使他惶恐不安，他猛然感到应该在这人的手伸出来之前就把他踢倒在地，让他沿着楼梯滚下去。可是这人的手已经伸出来了，接着他听到了咔嚓一声，同时看到一团燃烧的火。火照亮了那人半张脸，另半张阴森森地仍在黑暗中。那一只微闭的眼睛使他不寒而栗。然后这人从他左侧绕了过去，他像弹风琴一样走下楼去。他似乎是在这时想起这人是谁，他让他想起那个靠在梧桐树上抽烟的中年男子。

不久后，他站在了五楼的某一扇门前。他用脚轻轻踢门。里面没有任何反应。于是他就将耳朵贴上去，一颗铁钉这时伸进了他的耳朵，他大吃一惊，随后才发现铁钉就钉在门上。通过手的摸索，他发现四周还钉了四颗，所钉的高度刚好是他耳朵凑上去时的高度。

门是在这个时候突然打开的，一片明亮像浪涛一样涌了上来，让他头晕眼花。随即一个愉快的声音紧接而来：

"是你呀。"

他定睛一看，站在面前的竟是张亮。想到不久前刚刚离开他家，此刻又在此相遇，他惊愕不已。而且张亮此刻脸上愉快的表情与刚才相比，简直判若两人。

"怎么不进来？"

他走了进去，又看到了朱樵与汉生。他俩一个坐在椅子里，一个坐在桌子上，都笑嘻嘻地望着他。

他心里突然涌起了莫名的不安。他尴尬地笑了笑，问道："他呢？"

"谁？"他们三人几乎同时问。

"亚洲。"他回答。回答之后他觉得惊奇，难道这还用问？亚洲是这里的主人。

"你没碰上他？"张亮显得很奇怪，"你们没有在楼梯里碰上？"

张亮怎么知道他在楼梯里碰上一个人？那人会是亚洲吗？这时他看到他们三人互相笑了笑。于是他便断定那人刚刚离开这里，而且那人不是亚洲。

他在靠近窗口的一把椅子上坐下，这窗口正是刚才放着煤球炉的窗口，可是已经没有那炉子了。倒是有阳光，阳光照在他的头发上。于是他便想象自己此刻头发的颜色。他想那颜色一定是不可思议的。

张亮他们还在笑着，仿佛他们已经笑了很久，在他进来之前就在笑。所以现在他们脸上的笑容正在死去。

他突然忧心忡忡起来。他刚进屋时因为惊讶而勉强挤出的一点儿笑意,此刻居然被胶水粘在脸上了。他无法摆脱这笑意,这让他苦恼。

"你怎么了?"

他听到朱樵或者汉生这样问,然后他看到张亮正询问地看着他。

"你有点儿变了。"

仍然是朱樵或者汉生在说。那声音让他感到陌生。

"你们是在说我?"他望着张亮问。他感到自己的声音也陌生起来。

张亮似乎点了点头。这时他感到他们像是用手在脸上抹了一下,于是那已经僵死的笑容被抹掉了。他们开始严肃地望着他,就像那位戴眼镜的数学老师曾望着他一样。但他却感到他们望着他时不太真实。

他有点儿痛苦,因为他不知道在他进来之前他们正说些什么,可是他很想知道。

"你什么时候来的?"

他好像听到了亚洲的声音,那声音是飘过来的,好像是亚洲站在窗外说的。然后他却实实在在地看到亚洲就站在眼前,他不由吃了一惊。亚洲是什么时候进来的,他竟一点儿没察觉,仿佛根本没出去过。亚洲现在正笑嘻嘻地看着他。这笑和刚才张亮他们的笑一模一样。

"你怎么了?"

是亚洲在问他。他们都是这样问他。亚洲问后就转过身去。于是他看到张亮他们令人疑惑的笑又重现了,他想亚洲此刻也一定这样笑着。

他不愿再看他们,便将头转向窗外。这时他看到对面窗口上放着一只煤球炉,但没有滚滚浓烟。然后那炉子在窗台上突然消失,他看到一个姑娘的背影,那背影一闪也消失了。于是他感到没什么可看了,但他不想马上将头转回去。

他听到他们中间有人站起来走动了,不一会儿一阵窃窃私语声和偷笑声从阳台那个方向传来。他这才扭过头去,张亮他们已经不在这里,亚洲仍然坐在原处,他正漫不经心地玩着一只打火机。

五

他从张亮家中出来时,一位白发苍苍的老太太正在那阴沉的胡同里吆喝着某个人名。他不知道那名字是不是她的外孙的,但他听上去竟像是在呼唤着"亚洲"。

于是他决定去亚洲家了。亚洲尽管是他的朋友,但他和张亮他们几乎没有来往。他和张亮他们的敌对情绪时时让他夹在中间左右为难。

他没有直奔亚洲家,而是沿着某一条街慢慢地走。街两旁每隔不远就有一堆砖瓦或者沙子,一辆压路机车闲逛似的开来开去。他走在街上,就像走在工地里。

有那么一会儿,他斜靠在一堆砖瓦上,看着那辆和他一样无聊的压路机车。它前面那个巨大的滚轮从地面上轧过去时响声隆隆。

然而他又感到烦躁,这响声使他不堪忍受。于是他就让自己的脚走动起来。那脚走动时他觉得很滑稽,而且手也像走时一样摆动了。

后来,他不知道确切的时间,但知道是后来,他好像站在一家烟糖商店的门口,或者是一家绸布店的门口。具体在什么地方无关紧要,反正他看到了很多颜色。很可能他站在两家商店的中间,而事实上这两家商店没有挨在一起,要不他分别在那里站过。反正他看到了很多颜色,那颜色又是五彩缤纷。

就是在这个时候,他心里竟涌上了一股舒畅,这舒畅来得如此突然,让他惊讶。然后他看到了白雪。

他看着她拖着那黑黑的影子走了过来。他想她走到那棵梧桐树旁时也许会站住,也许会朝他瞟一下。她那暗示什么似的目光会使他迷惑不解。这些都是刚才见到她时的情景,他不知为何竟这样替她重复了。

然而她确实走到那棵梧桐树旁时站住了,她确实朝他瞟了一眼过来,并且她的目光确实暗示了刚才所暗示的,而且随后如同刚才一样匆匆离去。

看到自己的假设居然如此真实，他惊愕不已。然后他心里紧张起来，他似乎感到有一个中年男子靠在梧桐树上。他猛地朝四周望去，但没有看到，然而却看到一个可疑的背影在一条胡同口一闪进去了。那胡同口的颜色让他感到像井口，让他毛骨悚然。但他还是跑了过去。他似乎希望那背影就是那中年男子，同时又害怕是他。

他在胡同口时差点儿撞上一个人，是一个中年男子，这人嘴里嘟囔了一句什么以后就走开了。走去的方向正是他要去亚洲家的方向。这个人为何不去另一个方向？他怀疑这人正是刚才那个背影，躲进胡同后又若无其事地走了出来。这人好像知道他要去亚洲家，所以也朝那方向走去。

他看到他走出二十来米后就站住了，站在那里东张西望，望到他时迅速又移开目光。他感到他在注意自己。为了不让他发现，他才装着东张西望。

这人一直站在那里，但已经不朝他张望了，可头却稍稍偏了过来。他觉得自己仍在这人的视线中。他也一直站在原处，而且一直盯着他看。

另一个中年男子走了上去，与这人说了几句话，而后两人一起走了。走了几步这人还回头朝他望了一下。他的同伴立刻拍拍他的肩，这人便不再回头了。

六

现在是黄昏了。他站在阳台上望着对面那幢楼房。楼里的窗口有些明亮,有些黑暗。那明亮的窗口让他感到是一盏盏长方形的灯,并且组成了一幅奇妙的图案。这图案不对称,但却十分合理。他思索着这图案像什么,然而没法得出结论。因为每当他略有所获时,便有一两个窗口突然明亮,他的构思就被彻底破坏,于是一切又得重新开始。

刚才他在厨房里洗碗时,突然感到父母也许正在谈论他。他立刻凝神细听,父母在阳台那边飘来的声音隐隐约约,然而确实是在谈论他。他犹豫了一下后就走了过去,可是他们却在说另一个话题。而且他对他们所说的似懂非懂。他似乎感到他们的交谈很艰难,显然他们是为寻找那些让他莫名其妙,而他们却心领神会的语句在伤透脑筋。

他蓦然感到自己是作为一个障碍横在他们中间。

这时父亲问他:"洗完了?"

"没有。"他摇摇头。

父亲不满地看着他。母亲这时与隔壁阳台上的人聊天了。他听到她问:"准备得差不多了吗?"

那边反问:"你们呢?"

母亲没有回答,而是说起了别的话题。

然后他回到了厨房,他在洗碗时尽量轻一些。不一会儿,他似乎又听到他们在谈论他了。他们说话的声音开始响起来,声音里几次出现他的名字。随即他们像是意识到了自己的疏忽,声音突然变小了。

他将碗放进柜子,然后走到阳台上,在阳台另一角侧身靠上去。尽管这样,可他觉得自己似乎仍然横在他们中间。

显然他的重新出现使他们感到不满。因为父亲又在找碴了,父亲说:"你不要总是这样无所事事,你也该去读读书。"

于是他只得离开,回到房间坐下后,便拿起一本书来看。是什么书他不知道,他只知道上面有字。

父母在阳台上继续谈论什么,同时还轻轻笑了起来。他们笑得毫无顾忌。

他坐立不安,迟疑了片刻后便拿着书走到阳台上。

这一次父亲没再说什么,但他和母亲都默不作声地看了看他。尽管他不去看他们,但他也知道他们有怎样的目光。

他们这样默默无语地站了一会儿后,就离开阳台回到卧室。于是他再也听不到他们的说话声了。但他知道他们此刻仍在说些什么。

然后黄昏来了,他就这样无精打采地望着那幢大楼。他心里渴望能听到他们究竟在说什么。可他只能看到一幅不可思议的图案。

后来他吃了一惊,因为他发现自己竟站在他们卧室的门口了。门紧闭着。他们已经不像刚才那样不停地说话,他们每隔很久才说一句,而且很模糊。他只听到"四月三日"这么一句清晰的。然而他很难找到这话里面的意义。

门突然打开,父亲出现在面前,严肃又很不高兴地问:"你站在这里干什么?"他看到母亲此刻正装着惊讶的样子看着自己。没错,母亲的惊讶是装出来的。

他不知该如何回答父亲的话,只是呆呆地望着他,然后才走开。他走开时听到卧室的门重又关上,父亲不满地嘟囔了一句什么。

他回到自己房间,在床上躺了下来。此刻四周一片昏黑,但他感到自己的眼睛闪闪发亮。户外的声音有远有近,十分嘈杂,可来到他屋内时却单调成嗡嗡声。

七

按照他昨晚想象的布置,今天他醒来的时候应该是八点半,然后看到阳光穿越窗帘以后逗留在他挂在床栏的袜子上,他起床以后还将会听到敲门声。

在那台老式台钟敲响了十分孤单的一声之前,他深陷于昏睡的旋涡里。尽管他昏昏长睡,可却清晰地听到那时屋外的各种响声,这些响声让他精疲力竭。这时那古旧的钟声敲响了。钟声就像黑暗里突然闪亮的灯光。于是他醒了过来。他发现自己大汗淋漓。

然后他疲倦地支起身体,坐在床上,他感到轻松了不少。与此同时,他朝那台钟看了一眼——八点半。随后他将身体往床栏上一靠,开始想些什么。他猛然一惊,再往那台钟望去,于是他确信自己是八点半醒来的。再看那阳光,果然正逗留在袜子上,袜子有股臭味。所有这些都与他昨晚想象中布置的一样。

接下来是敲门声了。而敲门声应该是在他起床以后才响起来的。尽管上述两点得到了证实,但他对是否真会响起敲门声却将信将疑。他赖在床上迟迟不愿起来。事实上他是想破坏起床以后听到敲门声的可能。如果真会有人敲门的话,他宁愿躺在床上听到。

于是他在床上躺到九点半。父母在七点半的时候就离家上班去了,他就可以十分单纯地听着时钟走动的声音,而不必担心屋内有其他声响的干扰。

到了九点半的时候,他觉得不会听到什么敲门声了,毕竟那是昨晚的想象。他决定起床。

他起床之后先将窗户打开,阳光便肆无忌惮地闯了进来,同时还有风和嘈杂声。声音使他烦躁不安,因为这些声音在他此刻听来犹如隔世。

他朝厨房走去时听到了敲门声,发生在他起床以后。事情果然这样,他不由大惊失色。

在他昨晚的想象中，听到敲门时他没有大惊失色，只是略略有些疑惑，于是他走去开门。他吃惊的事应该是发生在开门以后，因为他看到一个中年人（就是那个靠在梧桐树上抽烟的中年人）什么话也没说就走了进来。

他显然问了一句："你找谁？"

但那人没有搭理，而是一步一步朝他逼近，他便一步一步倒退。后来他贴在墙上，没法后退了，于是那人也就站住。接下来他预感到要发生一些什么。但具体发生了什么，他在昨晚已经无法设想。

现在他听到这声音时不由紧张起来，他站着不动，似乎不愿去开门。敲门声越来越响，让他觉得敲门的人确信他在屋内，既然那人如此坚定，他感到已经没有办法回避即将发生的一切。同时从另一方面说，他又很想知道究竟会发生些什么。

他将门打开，他吃了一惊（和昨晚想象中布置的一样），因为那人是在敲对面的门（和想象不一样）。他看到一个粗壮的背影，从背影判断那是一个中年人（作为中年这一点与想象一致）。然而是否就是那个与梧桐树紧密相关的人呢？他感到很难判断。仿佛是，又仿佛不是。

八

商店的橱窗有点儿镜子的作用。他在那里走来走去,侧脸看着自己的形象,这移动的形象很模糊,而且各式展品正在抹杀他的形象。

他在一家药店的橱窗前站住时,发现三盒竖起的双宝素巧妙地组成了他的腹部,肩膀则被排成三角形的瓶装钙片所取代,三角的尖端刚好顶着他的鼻子,眼睛没有被破坏。他看着自己的眼睛,恍若另一双别人的眼睛在看着自己。

然后他来到百货商店的橱窗前,那时他的腹部复原了,可胸部却被一件儿童衬衣挡住。脑袋失踪了,脑袋的地方被一条游泳裤占据。但他的手是自由的,他的右手往右伸过去时刚好按着一辆自行车的车铃,左手往左边伸过去时差一点儿够着一副羽毛球拍,但是差一点儿。

这时橱窗里反映出了几个模糊的人影,而且又被一些展品割断,他看到半个脑袋正和大半张脸在说些什么,旁边有几条腿在动,还有几个肩膀也在动。接着他看到一张完整的脸露了出来,可却没有脖子,脖子的地方是一只红色的胸罩。这几个断裂的影子让他觉得鬼鬼祟祟,他便转回身去,看到街对面人行道上站着几个人,正对他指指点点说些什么。

由于他的转身太突然,他们显得有些慌乱。"你在干什么?"他们中有一人这样问。

他一怔,他看到他们都笑嘻嘻地望着自己,他不知道刚才是谁在问。他觉得自己不认识他们,尽管面熟。

"你在等人吧?"

他仍然没有发现是谁在说话。但他确实是在等人,可他们怎么会知道?他不由一惊。

看到他没有反应,他们显然有些尴尬。接着他们互相低声说了些什么后便一起走了。他们居然没有回头朝他张望。

然后他在那里走起来,刚才的事使他莫名其妙。他感到橱窗里的一切都变得索然无味。于是他就将目光投向街上,街上行人不多,阳光照在他们身上,半明半暗。

"你怎么不理他们?"

朱樵的声音突然在他耳边响起,他吓了一跳。朱樵已经站到他面前了。朱樵像潜伏已久似的突然出现,使他目瞪口呆。

"你怎么不理他们?"朱樵又问。

他疑惑地望着朱樵,问:"他们是谁?"

朱樵夸张地大吃一惊:"他们是你的同学。"

他仿佛想起来了,他们确实是他过去的同学。这时他看到朱樵滑稽地笑了,他不禁又怀疑起来。

朱樵亲热地拍拍他的肩膀,说:"你在这里干什么?"

他觉得这种亲热有点儿过分。但这是次要的,重要的是他为什么这样问。刚才他已经经历过这样的询问。

"你在等人吧?"

显而易见，朱樵和刚才那几个人有着某种难言的关系。看来他们现在都关心他在等谁。

"没有。"他回答。

"那你站这么久干什么？"

他吓了一跳，很明显朱樵已在暗处看着他很久了。因此此刻申辩不等什么人是无济于事的。

"你怎么了？"朱樵问。

他看到朱樵的神态很不自在，他想朱樵已经知道他的警惕。他不安地转过脸去，漫不经心地朝四周看起来。

于是他吃惊地发现居然有那么多人在注意着他们。几乎所有在街上行走的人都让他感到不同寻常。尽管那些注意的方式各不相同，可他还是一眼看出他们内心的秘密。

在他对面有三个人站在一起，边说话边朝这里观察，在他的左右也有类似的情况。那些在街上行走的人都迅速地朝这里瞟一眼，又害怕被他发现似的迅速将目光收回。这时朱樵又说了一句什么，但他没去听。他怀疑朱樵此刻和他说话是为了分散他的注意力。他发现那些看上去似乎互不相识的人，居然在行走时慢慢地靠在一起，虽然他们迅速地分开，但他知道他们已经交换了一句简短且有关他的话。

后来当他转回脸去时，朱樵已经消失了。他是什么时候离开的，他一点儿也没有察觉。

九

眼前这个粗壮的背影让他想起某一块石碑,具体是什么时候看到的、什么样的石碑,他已经无心细想。眼下十分现实的是这个背影正在敲着门。而且他敲门的动作很小心,他用两个手指在敲,然而那声音却非常响,仿佛他是用两个拳头在敲。他的脚还没有采取行动,如果他的脚采取行动的话——他这样假设——那后果不堪设想。

他站在门口似乎在等着这背影的反面转过来。他揣想着另一面的形状。他可以肯定的是另一面要比这背影的一面来得复杂。但是否就是那个靠在梧桐树上的中年人?

但是那人继续敲门,此刻他的敲门声像机床一样机械了。

由于想看到这背影的反面——这个愿望此刻对他来说异常强烈——他决定对这人说些什么,除此以外别无他法。

"屋里没人。"他说。

于是这背影转了过来,那正面呈现在他眼前。这人的正面没有他的反面粗壮,但他的眉毛粗得吓人,而且很短,仿佛长着四只眼睛。他很难断定此人是否曾经靠在梧桐树上,但他又不愿轻率地排除那种可能。

"屋里没人。"他又说。

那人像看一扇门一样地看着他,然后说:"你怎么知道没人?"

"如果有人，这门已经开了。"他说。

"不敲门会开吗？"那人嘲弄似的说。

"可是没人再敲也不会开。"

"但有人敲下去就会开的。"

他朝后退了两步，随后将门关上。他觉得刚才的对话莫名其妙。敲门声还在继续。但他不想去理会，便走进厨房。有两根油条在那里等着他。油条是清晨母亲去买的，和往常一样。两根油条搁在碗上已经耷拉了下来。他拿起来吃了，同时想象着它们刚买来时那挺拔的姿态。

当他吃完后突然被一个奇怪的念头震住了。他想油条里可能有毒。而且他很快发现自己确信其事。因为他感到胃里出现了细微骚动，但他还没感到剧痛的来临。他站住不动，等待着那骚动的发展。然而过了一会儿那骚动居然消失了，胃里复又变得风平浪静。他又站了一会儿，随后才如释重负地舒了一口气。

那人还在敲门，并且越敲越像是在敲他家的门。他开始怀疑那人真是在敲他家门。于是他就走到门旁仔细听起来。确实是在敲他的门，而且他似乎感到门在抖动。他深深吸了一口气，然后猛地将门拉开。

他看到的是对面那扇门迅速关上的情景，显然那门刚才打开过了，因为那个粗壮的背影已经不在那里。

十

如果昨晚的想象得到实现的话,现在在这里他会再次看到白雪。这次白雪没有明显的暗示。白雪将旁若无人地从他眼前走过,而且看也没有看他。但这也是暗示。于是他就装着闲走跟上了她。接下来要发生一些什么,他还没法设想。

站在文具柜台里的姑娘秀发披肩,此刻她正出神地看着他。

那时候朱櫵像电影镜头转换一样突然消失,而他蓦然感到自己置身于一个极为可疑的环境中。他是转过身后才发现那姑娘的目光的。

因为他的转身太突然,姑娘显得措手不及,随即她紧张地移开目光,然后转身像清点什么似的数起了墨水瓶和颜料盒。

他没想到竟然在背后也有人监视他,心里暗暗吃惊。但她毕竟和他们不一样,她在被发现的时候显得很惊慌,而他们却能够装得若无其事。

他慢慢地走过去。她仍然在清点着,但已经感觉到他站在背后了,她可以听到他的呼吸声。因此她显得越发紧张,她的肩膀开始微微抖动起来。然后她想避开他,便背对着他朝旁边走去。

这个时候他开口了,他的声音坚定而且沉着,他问:"你为什么监视我?"

她站住,双肩抖得更剧烈了。

"回答我。"他说。但他此刻的声音很亲切。

她迟疑了片刻，随后猛地转过身来，悲哀地说："是他们要我这么干的。"

"我知道。"他点点头，"可他们为什么要监视我？"

她嘴巴张了张，但没有声音。她非常害怕地朝四周张望起来。

他不用看，也知道商店里所有的人此刻都威胁地看着她。

"别怕。"他轻声安慰。

她犹豫了一会儿，然后才鼓起勇气对他说："我告诉你。"

他站在商店门口，一直盯着她看。她清点了好一会儿才转过身来，可发现他仍看着自己，立刻又慌乱了。这次她不再背过身去，而是走到柜台的另一端。于是他的视线中没有了她，只有墨水瓶和颜料盒整齐的排列。

他在思考着该不该走进去，走到她跟前，与她进行一场如刚才假设一样的对话。但他实在没有像假设中的他那样坚定而且沉着，而她显然也不是假设中那么善良和温柔。因此他对这场绝对现实的、没有任何想象色彩的对话结果缺乏信心。

他很犹豫地站在商店门口，他的背后是纷乱的脚步声。他在栩栩如生地揣想着他们的目光。此刻他背对着他们，他们可以毫无顾虑地监视他了，甚至指手画脚。但是（他想）若他猛地转回身去，他们（他觉得）将会防不胜防。他为自己这个诡计得意了一会儿，然后他立刻付诸行动。

可是当他转回身去时却没有得到预想的效果。当他迅速地将四周扫看一遍后，居然没发现有人在监视他。显然他们已经摸透了他的心理，这使他十分懊恼。"他们比刚才狡猾了。"他想。

然而白雪出现了。

按照想象中的布置，白雪应该是沿着街旁（不管哪一端都可以）慢慢走来的。可现在白雪却是从那座桥上走下来，尽管在这一点上有出入，但他的假设还是又一次得到证实。

白雪从那座桥上走下来，白雪没有朝这里看。但他知道白雪已经看到他了，而且也知道他看到她（是白雪知道）。白雪没朝这里看是为了不让他们发现。她非常从容地从桥上走下来，然后朝着与他相反的方向走去。白雪的从容让他赞叹不已，他也朝那里走去。

白雪穿着一件鲜红的衣服，在行人中走着，醒目无比。他知道白雪穿这样的衣服是有意义的，他赞叹白雪的仔细。然而他随即发现自己这么盯着红衣服看实在愚蠢，因为这样太容易被人发现。

十一

他需要努力回想，才能想起昨日傍晚母亲在阳台上与邻居的对话。

"准备得差不多了吗？"母亲是这样问的。

"你们呢？"对方这样反问。

刚才他往家走时，很远就看到邻居那孩子趴在阳台上东张西望。同时他看到自己家中阳台的门打开着，他想父母已经回来了。那孩子一看到他立刻反身奔进屋内。起初他没注意，可当他绕到楼梯口准备往上走时又看到了那个孩子，孩子正拿着一支电动手枪对准他。随即孩子一闪就又躲进屋内。那门关得十分响亮。

他走进屋内后才发现父母没在。他将几个房间仔细观察一下，在父母卧室的沙发上，他看到了一只尼龙手提袋。毫无疑问，父母确已回来过了。因为在中午的时候，他看到母亲拿着那尼龙袋子出去，记得当时父亲还说："拿它干吗？"母亲是如何回答的，他已记不起来。但这已经不重要，重要的是他证实了父母在他之前回来过。

现在他要认真思考的是父母去了何处。他不由想到上午那个中年人十分可疑的敲门声。因此对门邻居也让他觉得十分可疑，而且连他们的孩子都让他警惕。尽管那男孩只有六岁，可他像大人一样贼头贼脑。

显而易见，父母就在隔壁。他此刻只要闭上眼睛，马上就可以看到父母与邻居坐在一起商议的情景。

"准备得差不多了吗？"

"你们呢?"

(值得注意的是他们在准备着什么。他只能预感,却没法想象。)

那孩子被唆使到阳台上,在那里可以观察到他是否回来了。随后又出现在屋门口,当他上楼时,那孩子十分响亮地关上房门。这一声绝对不会没有意义。这一声将告诉他们现在他上楼了。

接下来要干些什么他心里很清楚。他需要证实刚才的假设。而证实的方法也十分简单,那就是将屋门打开,他站到门口去,眼睛盯着对面的门。

他的目光将不会是从前那种怯生生的目光,他的目光将会让人感到他已经看透一切。因此当父母从对门出来时将会不知所措。

他们原以为屋门是关着的,他正在屋内。所以他们可以装着从楼下上来一样若无其事,可是没想到他竟站在门口。

他们先是大吃一惊,接着尴尬起来,尴尬是因为这些来得太突然,他们没有足够的时间掩饰。然而他们马上又会神态自若,但是他们的尴尬已经无法挽回。

十二

那鲜红的衣服始终在他前面二十米远处，仿佛凝住不动。那是因为白雪始终以匀称的步子走路。

白雪一直沿着这条街道走，这很危险。因为他越来越感到旁人对他们的注意。他已经发现有好几个人与白雪擦肩而过时回头望了她一下，紧接着他们像发现了什么似的又看他一下。他也与他们擦肩而过，他感到他们走了几步后似乎转身回来跟踪他了。他没有回头，此刻绝对不能回头。他只要听到身后有紧跟的脚步声就知道一切了。而且那种脚步声开始纷乱起来，他便知道监视他的人正在逐渐增多。

可是白雪还在这条街上走着。他深知这条街的漫长，它的尽头将会呈现出一条泥路。泥路的一端是一条河流，另一端却是广阔的田野。而泥路的尽头是火化场。火化场那高高的烟囱让人感到是那条长长的泥路突然矗起。

白雪现在还没有走到这条泥路的尽头，可也已经不远了。白雪曾在几个胡同口迟疑了一下，但她还是继续往前走。白雪的迟疑只有他能够意会。显然她已经发现被人监视了。

就在这个时候，白雪站住了。如果她此刻再不站住的话，那将失去最后的机会，因为街道的尽头正在接近。白雪站住后走进了一家商店。那是一家卖日用品的小店，而这家商店所拥有的货物在前面经过的几家商店里都有。显然白雪进去不是为了购买什么。

他放慢脚步,他知道商店前面十来米处有一条胡同,是十分狭窄的胡同。他慢慢走过去,此刻街上行人似乎没有刚才那么多了。他观察到前面只有两个人在监视他,一个正迎面走来,另一个站在废品收购铺的门口。

他走过商店时没朝里面看,但他开始感到后面跟着他的脚步声正在减小,当他走到那胡同口时身后已经没有脚步声了。他想白雪的诡计已经得逞。但是那个站在废品收购铺门口的人仍然望着他。

他侧身走进了胡同。

因为阳光被两旁高高的墙壁终日挡住,所以他一步入胡同便与扑面而来的潮气相撞。胡同笔直而幽深,恍若密林中的小径。他十分寂静地走着,一直往深处走去。胡同的两旁每隔不远又出现了支胡同,那胡同更狭窄,仅能容一人走路,而且也寂静无人。这胡同足有一百多米深。他一直走到死处才转回身来,此刻那胡同口看上去像一条裂缝。裂缝处没有人,他不禁舒了口气,因为暂时没人监视他了。他在那里站住,等待着白雪出现在裂缝处。

不一会儿,白雪完成了一个优美的转身后,便从裂缝处走了进来。他看着那件鲜红的衣服怎样变得暗红了。白雪非常从容地走来,那脚步声像是滴水声一样动人。她背后是一片光亮,因此她走来时身体闪闪发光。

所有的一切都与他假设的一致，而接下来他就将知道所有的一切了。

然而此刻有两个人从一条支胡同里突然走了出来，并排往胡同口走着。他俩的背影挡住了白雪。

令他大吃一惊的是其中一人是他的父亲，而另一人似乎就是那个靠在梧桐树上抽烟的中年男子。他们背对着他朝胡同口走去，他们没有发现他。他们正在交谈些什么，尽管声音很轻，但他还是听到了一点儿。

"什么时候？"显然是那个中年人在问。

"四月三日。"父亲这样回答。

其他的话他再没听清。他看着他们往前走，两个背影正在慢慢收缩，于是裂缝便在慢慢扩大，但他们仍然挡住白雪。他们的脚步非常响，像是拍桌子似的。然后他们走到了裂缝处，他们分手了。父亲往右，那人往左。

然而他没有看到白雪。

十三

父母居然是从楼下走上来的。他一听到脚步声就知道是谁了。

毫无疑问，在他进屋时，父母就已经从对门出来然后轻轻地走下楼梯,否则那孩子的关门声就会失去其响亮的意义。因此当他站在门口时,父母已经在楼下了。

现在他们正在走上来(他们毕竟要比他老练多了)。然后他看到他们吃惊地望着自己,但这已不是他所期待的那种吃惊了。

"你站在门口干什么?"

他看到父亲的嘴巴动了一下,那声音就是从这里面飘出来的。紧接着两个人在他面前站住。他看到父亲衣服上的纽扣和母亲的不一样。

"你怎么了?"

那是母亲的声音。与刚才的声音不一样,这声音像棉花。

他忽然感到自己挡住了父母进来的路,于是赶紧让开。这时他发现父母交换了一下眼色,那眼色显然是意味深长的。父母没再说什么,进屋后就兵分两路,母亲去厨房,父亲走进了卧室。

他却不知该怎么才好,他在原处站着,显得束手无策。他慢慢从刚才的举止里发现出一点儿愚蠢来了,因为他首先发现父母已经看透了他的心事。

父亲从卧室里出来朝厨房走去,走到中间时站住了,他说:"把门关上。"

他伸手将门关上,听着那单纯的声音怎样转瞬即逝。

父亲走到厨房里没一会儿又在说了:"去把垃圾倒掉。"

他拿起簸箕时竟然长长地舒了口气,于是他不再束手无策。他打开屋门时看到了那个孩子。孩子如刚才一样站在门口,手里拿着电动手枪,正得意洋洋在向他瞄准。他知道他为何得意,尽管孩子才这么小。

他走上去抓住孩子的电动手枪,问:"刚才我父母在你们家里吧?"

孩子一点儿也不害怕,他用劲抽回自己的手枪,同时响亮地喊道:"没有。"

就连孩子也训练有素了。(他想)

十四

他在那里站了很久,他一直望着那裂缝,仿佛置身一口深井之底而望着井口。偶尔有人从胡同口一闪而过,像一只大鸟张着翅膀从井口上方掠过。

然后他小心翼翼地往前走,他感到自己的脚步声在两壁间跳跃地弹来弹去,时时碰在他的脚尖上。他仔细察看经过的每一个支胡同,发现它们都是一模一样的,而且都寂静无人。在他走到第四个支胡同口时看到一根电线杆挡在前面,于是他才发现自己居然走到汉生的家门口了。

只要侧身走进去,那路凌乱不堪而且微微上斜,在第四扇门前站住，不用敲门就可推门而入，呈现在眼前的是天井，天井的四角长满青苔。接着走入一条昏暗的通道，通道是泥路，并且会在某处潜伏着一小坑积水，在那里可以找到汉生的屋门。

汉生的住处与张亮的十分近似，因此他们躲在屋内窃窃私语的情景栩栩如生地重现了。

他现在需要认真设想一下的是，白雪究竟会在何处突然消失。然而这个设想的结果将使他深感不安。因为他感到白雪就是在这里消失的。而且（如果继续往下想）白雪是在第四扇门前站住，接着推门而入，然后走上了那条昏暗的通道。所以此刻白雪正坐在汉生家中。

他感到自己的假设与真实十分接近，因此他的不安也更为真实，同时也使他朝汉生家跨出了第一步。他需要的已不是设想，而是证实。他在第四扇门前站住。

没多久后，他已经绕过了那个阴险的水坑，朝那粗糙的房门敲了起来。在此之前他已经先用手"侦察"过了，汉生的房门上没有铁钉。所以他的手敲门时毫无顾忌。

门是迅速打开的，可只打开了那么一点儿。接着汉生的脑袋伸了出来。那脑袋伸出来后凝住不动，让他感到脑袋是挂在那里的。

屋内的光亮流了出来，汉生的眼睛正古怪地望着自己。随即他听到汉生紧张地问："你是谁？"

他迟疑了一下，然后回答："是我。"

"噢，是你。"门才算真正打开。

汉生的声音让他吓了一跳，因为他没有准备迎接这么响亮的声音。

屋内没有白雪。但他进屋时仿佛嗅到了一丝芬芳。这种气息是从头发还是从脸上散发出来的他很难断定，可他能够肯定是从一位女孩子那里飘来的。他想白雪也许离开了，随后他又否定。因为白雪要离开这里必须走原来的路，可他没遇上她。

汉生将他带入自己的房间，汉生的房间洁净无比。汉生没让他看另外两间房间。一间门开着，一间房门紧闭。

"你怎么想到来这里？"汉生装着很随便地问他。

他觉得"怎么想到"对他是不合适的，他曾经常来常往，但现在（他又想）对他也许合适了。

"我正在读一篇很有意思的文章。"汉生又说。

他没有搭理。他来这里不是来和汉生进行这种无话找话的交谈。他心里很清楚为何而来，所以他此刻凝神细听。

"这篇文章真有意思。"

他听到很轻微的一声，像什么东西掉在地上。他努力辨别着声音传来的方向，结果是从那房门紧闭的房间里发出来的。

汉生不再说什么，而是拿起一本杂志翻动起来。

他觉得这样很好，这样他可以集中精力。可是汉生翻动杂志的声音非常响。这使他很恼火。很明显汉生这举动是故意的。

尽管这样,他还是断断续续听到几声轻微的走动声。现在他可以肯定白雪就在那里。她是刚才在汉生响亮地叫了一声时躲藏起来的,汉生的叫声掩盖了她的关门声。

显然白雪刚才走进商店是为了躲开他。尽管发现白雪和他们是一伙会让他绝望,可他不能这样断定。

他看到汉生这时像想起什么似的将门关上。他心想,已经晚了。

十五

他从来没有像现在这样仔细观察过天黑下来时的情景。

晚饭以后,他没去洗碗,而是走到阳台上。令人奇怪的是父亲没有责备他。他听到母亲向厨房走去,然后碗碟碰撞起来。

那个时候晚霞如鲜血般四溅开来,太阳像气球一样慢慢降落下来,落到了对面那幢楼房的后面。这时他听到父亲向自己走来,接着感到父亲的手开始抚摸他的头发了。

"出去散散步吧。"父亲温和地说。

他心里冷冷一笑。父亲的温和很虚伪。他摇摇头。这时他感到母亲也走了过来。

他们三人默默地站了一会儿，然后父亲又问："去走走吧？"他还是摇摇头。

接着父母交换了一下眼色，然后他俩离开了阳台。不一会儿他听到了关门声。他知道他们已经出去了。

于是他暂时将目光降落下来，不久就看到他们的背影，正慢慢地走着。

随即他看到对门邻居三口人也出现了，他们也走得很慢。几乎是在同一个时候，他看到楼里很多人家出现了，他们朝同一个方向走去，都走得很慢，装着是散步。

他听到一个人用很响的声音说："春天来了，应该散散步。"他想这人是说给他听的。这人的话与刚才父亲的邀请一样虚伪。

显而易见，他们都出发了，他们都装着散步，然后走到某一个地方，与很多另外的他们集会。他们聚集在一起将要讨论些什么，毋庸置疑，他们的讨论将与他有关。

楼里还有一些人没去，有几个站在阳台上。他想这是他们布置的，留下几个人监视他。

他抬起头继续望着天空，天空似乎苍白了起来。刚才通红的晚霞已经烟消云散，那深蓝也已远去。天空开始苍白了。他是此刻才第一次发现太阳落山后天空会变得苍白。可苍白是短暂的，而且苍白的背后依旧站着蓝色，隐约可见。然后那蓝色渐渐黑下去，同时从那一层苍白里慢慢渗出。天就是这样黑下来的。

天空全黑后他仍在阳台上站着，他看到对面那幢楼房只有四个窗口亮起了灯光。接着他又俯身去看自己这幢楼，亮了五个窗口。然后他才走进房间，拉亮电灯。

当他沿着楼梯慢慢走下去时，又突然想到也许那些黑暗的窗口也在监视他。因此当他走到楼下时便装着一瘸一瘸地走路了。这样他们就不会认出是他。因为他出来时没熄灭电灯，他们会以为他仍在家中。

走脱了那两幢楼房的视线后，他才恢复走姿。他弯进了一条胡同。在胡同底有一个自来水水塔。水塔已经矗起，只是还没安装设备。

胡同里没有路灯，但此刻月亮高悬在上，他在月光中走得很轻。月光照在地面上像水一样晶亮。后面没有脚步。

胡同不长，那水塔不一会儿就矗立在他眼前。他先是看到那尖尖的塔端，阴森森地在月光里静默。而走出胡同后所看到的全貌则使他不寒而栗。那水塔像是一个巨大的阴影，而且虚无缥缈。

四周空空荡荡，只有水塔下一幢简易房屋亮着灯。他悄悄绕了过去，然后走到水塔下，找到那狭窄的铁梯后他就拾级而上。于是他感到风越来越猛烈。当他来到水塔最高层时，衣服已经鼓满了风，发出撕裂什么似的响声。头发朝着一个方向拼命地飘。

现在他可以仔细观察这个小镇了。整个小镇在月光下显得阴郁可怖，如昏迷一般。

这是一个阴谋。他想。

十六

张亮他们像潮水一样拥进来，那时他还躲在床上。他看到了亚洲他们，还有一个女的。这女子他不认识。他吃惊地望着他们。

"你们是怎么进来的？"他问。

他们像是听到了一个了不起的笑话似的哈哈大笑。他看到除那女子笑得倒进了一把椅子，椅子嘎吱嘎吱的声音也像是在笑。

"她是谁？"他又问。

于是他们笑得越加厉害，张亮还用脚蹬起了地板。

"你不认识我？"那女子这时突然收住了笑，这么强烈的笑能突然收住，他十分惊讶。

"我是白雪。"她说。

他大吃一惊，心想自己怎么连白雪也认不出来了？现在仔细一看觉得她是有点儿像白雪。而且她仍然穿着那件红衣服，只是颜色不再鲜红，而成了暗红。

"起床吧。"白雪说。

于是他的被子被张亮掀开，他们四个人抓住他的四肢，把他提出来扔向白雪。他失声叫了一下后，才发现自己居然在椅子里十分舒服地坐下，而白雪此刻却坐在了床沿上。

他不知道他们接下去要干些什么，所以他摆出一副等待的样子。

张亮把衣服扔进了他怀里，显然是让他穿上。于是他就将衣服穿上。穿上后他又在椅子里坐下，继续等待。

白雪这时说："走吧。"

"到什么地方去？"他问。

白雪没有回答，而是站起来往外走了。于是张亮他们走过去把他提起来，推着他也往外走。

"我还没有刷牙。"他说。

不知为何，张亮他们又像刚才一样哈哈大笑起来。

他就这样被他们绑架到楼下，楼下有很多人站在那里，他们站在那里仿佛已经很久了。他们是为了看他才站了这么久。

他看到他们对着他指指点点在说些什么。他走过去以后感到他们全跟在身后。这时他想逃跑，但他的双臂被张亮他们紧紧攥住，他没法脱身。

然后他被带到大街上，他发现大街上竟是空荡荡的，什么都没有。他们把他带到街中央站住。这时白雪又出现了，刚才她消失了一阵子。白雪仿佛怜悯似的看了看他，随即默默无语地走开。

不知是张亮,还是朱樵与汉生,或者是亚洲,对他说:"你看前面是谁?"

他定睛一看,前面不远处站着他父亲,父亲站在人行道上,正朝他微笑。这时他突然感到身后一辆卡车急速向他撞来。奇怪的是这时他竟听到了敲门声。

十七

后来他沿着那铁梯慢慢地走了下去,然后重又步入那没有路灯的胡同。但此刻胡同两旁的窗口都亮起了灯光。灯光铺在地上一段一段。许多窗口都开着,里面说话的声音在胡同里回响,很清晰,但他听不清在说些什么。

胡同两旁大都是平房,他犹豫地走着。每经过一个敞开的窗口,他就会犹豫一下。

他很想知道他们在说些什么。那是因为他感到他们的话题就是他。他知道他们的集会已经散了,父母已经在家中了。所以他完全有必要贴到窗旁去。他的迟疑是因为经过的窗口都有人影,里面的人离窗口太近。

他终于走近了一个合适的窗口。这个窗口没有人影,但说话声却格外清楚。于是他就贴着墙走过去。那声音里渐渐能够分辨出一些词句来了。

"准备得差不多了吗?"

"差不多了。"

"什么时候行动?"

可是这时他突然听到背后有个声音:"是谁!"那人像是贴着他的耳朵叫的。他立刻回身一拳将那人打倒在地,随后拼命地奔跑起来。于是那人大叫大喊了,他背后有很多追来的脚步声,同时很多人从窗口探出头来。

他这样假设着走出了胡同,他觉得自己的假设十分真实,如果他真的贴到某一个窗口去的话。

回到家中时,父母已经睡了,他拉亮电灯。他估计现在已经很晚了。往常父母是十点钟睡觉的。如果往常他这么晚回来,父亲总会睡意蒙眬并且怒气冲冲地训斥他几句。这次却没有,这次父亲只是很平静地说:"你回来了。"父亲没睡着。

他答应了一声,往自己卧室走去。这时他听到母亲说(她也没睡着):"用放在桌上的热水洗脚。"他又答应了一声。但走进卧室后,他就脱掉衣服在床上躺了下来。

四周一片漆黑,他在床上躺了一会儿,然后爬起来走到窗口。他看到对面那幢楼房很多窗户都已消失,有些正在消失。他想自己这幢楼也是这样。现在他们可以安心休息一下了,现在的任务落到了他父母的头上。

他重新回到床上躺下,他预感到马上就会发生什么了,显然他们酝酿已久。父亲突然改变了对他的态度，这预示着他们已经发现了他的警惕。这也许会使他们的行动提前。

因此他现在迫切需要想象一下，那就是他们明天会对他采取些什么行动。尽管接连两个夜晚都没睡好，此刻他难驱睡意，可他还是竭力提起精神。

明天张亮他们，可能还有白雪，他们会在他尚没起床时来到。他们将会装着兴高采烈，或者邀请他到什么地方去，或者寻找某种理由阻止他出门。而接下去……他听到自己的呼吸沉重起来。

十八

敲门声很复杂，也就是说有几个人同时在敲他的门。此刻他已经清醒了。刚才发生的一切历历在目，尽管他知道那一切都发生在睡梦里。可眼下的敲门声却让他感到真实的来临。

他立刻断定是张亮他们，而且还有白雪。与睡梦中不同的是：他们没有像潮水一样拥进来。门阻挡了他们。

他们几个人同时伸手敲门，证明他们此刻烦躁不安。

然而细听起来又不像是在敲他家的门，仿佛是在敲对门。他在床上坐了一会儿，听到那敲门声越来越响，而且越来越像是在敲着对门。于是他穿上衣服悄悄走到门旁，这时敲门声戛然而止。

　　他思忖了片刻，毅然将门打开。果然是张亮他们站在那里。他们一看到他就都哈哈大笑起来，然后一拥而进。

　　他不动声色，他觉得他们的哈哈大笑和一拥而进与昨晚的睡梦相符。

　　然而白雪没有出现，只有他们四个人。但是他们一拥而进时没将门带上。他就装着关门探身向屋外看了一眼，没看到白雪。

　　"就你们四人？"他不禁问。

　　"难道还不够？"张亮反问。

　　他心想：足够了，你们四人对付我一人足够了。

　　张亮说："走吧。"

　　（如果有白雪，这话应该是她说的。）

　　"到什么地方去？"他问。

　　"到了那里你就会知道了。"

　　他说："我还没刷牙。"说完他立刻惊愕不已。他情不自禁地重复了睡梦中那句话。

　　"走吧。"张亮说着打开了房门，而朱樵与汉生则在两旁架住了他的胳膊。（与睡梦中一模一样。）

　　"我们要带你去一个叫你大吃一惊的地方。"走到楼下时张亮这样说。

　　但是楼下没有很多人围观，只有三四个人在走动。

朱樵和汉生一直架着他走,张亮和亚洲走在前面。他感到朱樵和汉生已经不像刚才那样用劲了。

这时张亮突然叫了起来:"从前有座山。"然后朱樵也叫道:"山上有座庙。"接着是汉生:"庙里有两个和尚。"亚洲是片刻后才接上的:"一个老和尚和一个小和尚。"

随后张亮对他说:"轮到你了。"

他迷惑地望着张亮。

"你就说老和尚对小和尚说。"

他犹豫了一下,才说:"老和尚对小和尚说。"于是他们发疯般地笑了起来。

张亮立刻又接上:"从前有座山。"

(朱樵)"山上有座庙。"

(汉生)"庙里有两个和尚。"

(亚洲)"一个老和尚和一个小和尚。"

显然轮到他了,但他仍没接上,因为走到了大街。他们五个人此刻都站在人行道上。张亮不满地催他:"快说。"他才有气无力地说:"老和尚对小和尚说。"

张亮很不高兴,他说:"你不能说得响一点儿?"随后他高声叫着"从前有座山"便横穿马路走了过去,朱樵和汉生此刻放开了他,也大叫着走了过去,接着是亚洲。

现在又轮到他了,他看到左边有一辆卡车正慢慢地驶过来。他知道等到他走到街中央时,卡车就会向他撞来。

十九

是什么声音紧追不舍？他已经跑得气喘吁吁了，可那声音还在追着他，怎么也摆脱不了。

后来他在一根电线杆上靠住，回头望去。他看着那声音正从远处朝他走来，是父亲朝他走来。

父亲走到他面前，吃惊地问："你怎么了？"

他望着父亲没有回答，心里想：没错，父亲是应该在这个时候出现的，只是比睡梦中出现得稍晚一些。

"你怎么了？"父亲又问。

他感到汗水正从所有的毛孔里涌出来，此刻他全身一片潮湿。

父亲没再说什么，而是盯着他看。那时他额上的汗珠正下雨般往下掉，遮挡了视线，所以他所看到的父亲像是站在雨中。

"回家去吧。"

他感到父亲的手十分有力，抓住他的肩膀后，他不得不随他走了。

"你已经长大了。"他听到父亲的声音在他周围绕来绕去，仿佛是父亲围着他绕来绕去。"你已经长大了。"父亲又说。父亲的声音在不绝地响着，但他听不出词句来。

他俩沿着街道往回走，他发现父亲的脚步和自己的很不协调。但他开始感到父亲的声音很亲切，然而这亲切很虚假。

后来，他没注意是走到什么地方了，父亲突然答应了一声什么便离开了他。

这时他才认真看起了四周。他看到父亲正朝街对面走去，那里站着一个人。他觉得这人有些面熟，但一时又想不起是谁。这人还朝他笑了笑。父亲走到这人面前站住，然后两人交谈起来。

他在原处站着，似乎在等着父亲走回来，又似乎在想着是不是自己先走。这时他听到有一样什么东西从半空中掉落下来，掉在附近。他扭头望去，看到是一块砖头。他猛然一惊，才发现自己正站在一幢建筑下。他抬起头来时看到上面脚手架上正站着一个人。那是一个中年人，而且似乎就是那个靠在梧桐树上抽烟的中年人。他感到马上就会有一块砖头奔他头顶而来了。

二十

那个人靠在梧桐树上，旁边是街道。虽然他没有抽烟，可一定是他。

他想起来了，就是在这里白雪第一次向他暗示什么。那时他还一无所知，那时他还兴高采烈。刚才他逃离了那幢阴险的建筑,不知为何竟来到了这里。

他在离那人十来米远的地方站住,于是那人注意他了。他心想:没错,绝对是这个人。

他慢慢朝这人走过去,他看到这人的目光越来越警惕了,那插在口袋里的手也在慢慢伸出来。而在街上行走的人都放慢脚步看着他,他知道他们随时都会一拥而上。

他走到了这人面前,此刻这人的双手已经放在胸前互相摩擦着,摆出一副随时出击的架势,那腿也已经绷紧。

他则把双手插进裤袋,十分平静地说:"我想和你谈谈。"

这人立刻放松了,他似乎还笑了笑,然后问:"找我?"

"是的。"他点点头。

这人朝街上看看,仿佛完成了暗示,随即对他说:"说吧。"

"不是在这里。"他说,"我想和你单独谈谈。"

这人犹豫起来。他不愿离开这棵梧桐树,也是不愿离开正在街上装着行走的同伙。

他轻蔑地笑了笑,问:"你不敢吗?"

这人听后哈哈大笑,笑毕说:"走吧。"

于是他在前面慢慢地走了起来,这人紧随其后。他走得很慢是为了随时能够有效地还击他的偷袭。他这时听到身后的脚步声开始纷乱起来。这意味着有几个人紧随在他身后。他没有回头张望,便说:"我只想和你一人谈谈。"

这人没有作声,身后的脚步声也就没有减少。他又说:"如果你不敢就请回去。"他听到他又哈哈笑了起来。

他继续往前走,走到一条胡同口时他站了一会儿,看到胡同里寂然无人才走了进去。这时他身后的脚步声单纯了。

他不禁微微一笑,然后朝胡同深处走去。这人紧跟在后。他知道此刻不能回头,若一回头这人马上就会警惕地倒退。所以他若无其事往前走,心里却计算着他们之间的距离,似乎稍远了一点儿。于是他悄悄放慢步子,这人没有发现。

现在他觉得差不多了,便猛地往下一蹲,同时右腿往后用力一蹬。他听到一声惨叫,接着是趔趄倒退和摔倒在地的声音。他回头望去,这人此刻脸色苍白地坐在地上,双手捂住腹部痛苦不堪。他这一脚正蹬在他的腹部。

他走上几步,对准他的脸又是一脚,这人痛苦地呻吟一声,便倒在地上。

"告诉我,你们想干什么?"他问。

这人呻吟着回答:"让张亮他们把你带到马路中央,用卡车撞你。"

"这我已经知道。"他说。

"若不成功就由你父亲把你带到那幢建筑下,上面会有石头砸下来。"

"接下去呢?"他问。

这人仍然靠在梧桐树上,这时他的手伸进了胸口的口袋,随后拿出一支香烟点燃抽了起来。

肯定是他（他想）。但是他一直没有决心走上去。他觉得如果走上去的话，所得到的结果将与他刚才的假设相反，也就是说躺在地上呻吟的将会是他。那人如此粗壮，而他自己却是那样地瘦弱。

此刻这人的目光不再像刚才那样心不在焉，而是凶狠地望着他。于是他猛然发现自己在这里站得太久了。

二十一

"你知道吗？"白雪说。

他完全没有意识到自己竟然走到白雪家门口了。记得是两年前的某一天，他在这里看到白雪从这扇门里翩翩而出，正如现在她翩翩而出。

白雪看到他时显然吃了一惊。

他发现她有些不好意思，但却是伪装的。

白雪的卧室很精致，但没有汉生的卧室整洁。他在椅子上坐下来时，白雪有些脸红了，脸红是自然的。他想白雪毕竟与他们不一样。

这时白雪说："你知道吗？"

白雪开门见山就要告诉他一切，反而使他大吃一惊。

"昨天我在街上碰到张亮……"

果然她要说了。

"他突然叫了我一声。"她刚刚恢复的脸色又红了起来，"我们在学校里是从来不说话的，所以我吓了一跳……"

他开始莫名其妙，他不知道白雪接下去要说些什么。

"张亮说你们今天到我家来玩，他说是你、朱樵、汉生和亚洲，还说是你想出来的。他们上午已经来过了。"

他明白了，白雪是在掩护张亮他们上午的行动。他才发现白雪比他想象的要复杂得多。

"你怎么没和他们一起来？"白雪问。

他此刻不知说什么好，只是十分悲哀地望着她。

于是他看到白雪的神态起了急剧的变化。白雪此刻显得惊愕不已。

他想，她已经学会表演了。

仿佛过去了很久，他看到白雪开始不知所措起来。他感到她正不知自己的双手该往何处放。

"你还记得吗？"这时他开口了，"几天前我走在街上时看到了你。你向我暗示了一下。"

白雪脸涨得通红。她喃喃地说："那时我觉得你向我笑了一下，所以我也就……怎么是暗示呢？"

她还准备继续表演下去（他想），但他却坚定地往下说："你还记得离我们不远有一个中年人吗？"

她摇摇头。

"是靠在一棵梧桐树上的。"他提醒道。

可她还是摇摇头。

"那你向我暗示什么呢?"他不禁有些恼火。

她吃惊地望着他,接着局促不安地说:"怎么是暗示呢?"

他没有搭理,继续往下说:"从那以后我就发现自己被监视了。"

她此刻摆出一副迷惑的神色,她问:"谁监视你了?"

"所有的人。"

她似乎想笑,可因为他非常严肃,所以她没笑。但她说:"你真会开玩笑。"

"别装腔作势了。"他终于恼火地叫了起来。

她吓了一跳,害怕地望着他。

"现在我要你告诉我,他们为什么监视我,他们接下去要干什么。"

她摇摇头,说:"我不明白你的意思。"

他不禁失望地叹息起来,他知道白雪什么也不会告诉他了。白雪已不是那个穿着黄衬衣的白雪了。白雪现在穿着一件暗红的衣服,他才发现那件暗红的衣服,他不由大吃一惊。

他站了起来,走出白雪的卧室,他发现厨房在右侧。他走进了厨房,看到一把锋利的菜刀正插在那里。他伸手取下来,用手指试试刀刃。他感到很满意。然后他就提着菜刀重新走进白雪的卧室。这时他看到白雪惊慌地站起来往角落里退去。他走上前去时听到白雪惊叫了一声。然后他已经将菜刀架在她脖子上了，白雪吓得瑟瑟发抖。

白雪这时站了起来。他也站了起来。但他犹豫着是不是到厨房去，是不是去拿那把菜刀。

他看到白雪走到日历旁，伸手撕下了一张，然后回头说："明天是四月三日。"

他还在犹豫着是不是去厨房。

白雪说："你猜一猜，明天会发生些什么。"

他蓦然一惊。四月三日会发生一些什么？四月三日？他想起来了，母亲说过，父亲也说过。

他明白白雪在向他暗示，白雪不能明说是因为有她的难处。他觉得现在应该走了。他觉得再耽搁下去也许会对白雪不利。

他走出白雪卧室时发现厨房不在右侧，而在左侧。

二十二

从来也没有像现在这样，当听到那一声汽笛长鸣时，他突然情绪激昂。

那个时候他正躲藏在一幢建筑的四楼，他端坐在窗口下。

他是黄昏时候溜进来的，谁也没有看到他。那时这幢建筑的楼梯还没有，他是沿着脚手架爬上去的。他看着夜色越来越深，他听着街上人声越来越遥远，最后连下面卖馄饨那人也收摊了。就像是烟在半空中消散，人声已经消散。只有自己的呼吸喃喃低声，像是在与自己说话。

那时候他不知道接下去该怎么办，就如不知道已经是什么时候。而明天，四月三日将发生一桩事件。他心里格外清楚，然而他却不知道自己该怎么办。

这时候他听到了一声火车长鸣。他突然间得到了启示，于是他站了起来。他站起来时首先看到的是一座桥，桥像死去一样卧在那里，然后他注意到了那条阴险流动着的小河，河面波光粼粼，像是无数闪烁的目光在监视他。他冷冷一笑。

然后他从窗口爬出去，沿着脚手架往下滑。脚手架发出了关门似的声音。

他在黑影幢幢的街道上往铁路那个方向走去。那个时候他没听到自己的脚步声，脚步声仿佛被地面吸入进去了。他感到自己像一阵风一样飘在街道上。

不久以后，他已经站在铁轨上了。铁轨在月光下闪闪发亮。附近小站的站台上只亮着一盏昏黄的灯，没有人在上面走动。小站对面的小屋也亮着昏黄的灯光。那是扳道房。那里面有人，或许正在打瞌睡。他重新去看铁轨，铁轨依旧闪闪发亮。

这时他听到了一阵如浪涛涌来般的声音，声音由远而近，正在慢慢扩大。他感到那声音将他头发吹动起来了。随即他看到一条锋利白亮的光芒朝他刺来，接着光芒又横扫过来，但被他的身体挡断了。

显然列车开始减速，他看到是一列货车。货车在他身旁停了下来。于是站台上出现人影了。他立刻奔上去抓住那贴着车厢的铁梯，这铁梯比那水塔的铁梯还要狭窄。他沿着铁梯爬进了车厢，他才发现这是一列煤车。于是他就在煤堆上躺了下来，同时他听到了几个人说话的声音。那声音像是被风吹断了，传到他耳中时已经断断续续。

他突然想起也许他们此刻已经倾巢出动在搜寻他了。他一直没有回家，父母肯定怀疑他要逃跑了，于是他们便立刻去告诉对面邻居。不一会儿，那幢漆黑的楼房里所有的灯都亮了，然后整个小镇所有的灯都亮了。他不用闭上眼睛也可以想象出他们乱哄哄到处搜寻他的情景。

这时他听到有人走来的脚步声，他立刻翻身贴在煤堆上。然而他马上听到了铁轨敲打车轮的声音。那声音十分清脆，像灯光一样四射开来。脚步声远去了。

又过了一会儿，他突然听到列车发出了一声沉重的声响，同时身体被震动了一下。随即他看到小站在慢慢移过来，同时有一股风和小站一起慢慢移了过来。当风越来越猛烈时，车轮在铁轨上滚动的声音也越来越细腻。

于是他撑起身体坐在煤堆上，他看到小站被抛在远处了，整个小镇也被抛在远处了，并且被越抛越远。不一会儿便什么也看不到，在他前面只是一片惨白的黑暗。明天是四月三日，他想。他开始想象起明天他们垂头丧气、气急败坏的神情来了，无疑他的父母因为失职将会受到处罚。他将他们的阴谋彻底粉碎了，他不禁得意洋洋。

然后他转过脸去，让风往脸上吹。前面也是一片惨白的黑暗，同样也什么都看不到。但他知道此刻离那个阴谋越来越远了。他们从此以后再也找不到他了。明天并且永远，他们一提起他时只能面面相觑。

他想起了小时候他的一个邻居和那邻居的口琴。那时候他每天傍晚都走到他窗下去，那邻居每天都趴在窗口吹口琴。后来邻居在十八岁时患黄疸型肝炎死去了，于是那口琴声也死去了。

一九八七年五月二十日

一个地主的死

我胆小如鼠

一

从前的时候,一位身穿黑色丝绸衣衫的地主,鹤发银须,他双手背在身后,走出砖瓦的宅院,慢悠悠地走在自己的田产上。在田里干活的农民见了,都恭敬地放好锄头,双手搁在木柄上,叫上一声:

"老爷。"

当他走进城里,城里人都称他先生。这位有身份的男人,总是在夕阳西下时,神态庄重地从那幢有围墙的房屋里走出来,在晚风里让自己长长的白须飘飘而起。他朝村前一口粪缸走去时,隐约显露出仪式般的隆重。这位对自己心满意足的地主老爷,腰板挺直地走到粪缸旁,右手撩起衣衫一角,不慌不忙地转过身来,一脚踩在缸沿上,身体一腾就蹲在粪缸上了,然后解开裤带露出皱巴巴的屁股和两条青筋暴突的大腿,开始拉屎了。

其实他的床边就有一只便桶，但他更愿意像畜生一样在野外拉屎。太阳落山的情景和晚风的吹拂或许有助于他良好的心情。这位年过花甲的地主，依然保持着年轻时的习惯，他不像那些农民坐在粪缸上，而是蹲在上面。只是人一老，粪便也老了。每当傍晚来临之时，村里人就将听到地主老爷"哎哟哎哟"地叫唤，他毕竟已不能像年轻时那样畅通无阻了，而且蹲在缸沿上的双腿也出现了不可抗拒的哆嗦。

地主三岁的孙女，穿着黑底红花的衣裤，扎着的两根羊角辫子使她的小脑袋显得怒气冲冲。她一摇一晃地走到地主身旁，好奇地看着他两条哆嗦的腿，随后问道：

"爷爷，你为什么动呀？"

地主微微一笑，说道："是风吹的。"

那时候，地主眯缝的眼睛看到远处的小道上出现了一个白色人影，落日的余晖大片大片地照射过来，使他的眼睛里出现了许多跳跃的彩色斑点。地主眨了眨眼睛，问孙女：

"那边走来的是不是你爹？"

孙女朝那边认真地看了一会儿，她的眼睛也被许多光点迷惑，一个细微的人影时隐时现，人影闪闪发亮，仿佛唾沫横飞。这情形使孙女咯咯而笑，她对爷爷说：

"他跳来跳去的。"

那边走来的正是地主的儿子，这位身穿白色丝绸衣衫的少爷,离家已有多日。此刻,地主已经能够确定走来的是谁了,他心想:这孽子又来要钱了。

地主的儿媳端着便桶从远处的院子里走了出来,她将桶沿扣在腰间,一步一步挪动着走去。虽说走去的姿态有些臃肿,可她不紧不慢悠悠然的模样,让地主欣然而笑。他的孙女已离他而去,此刻站在稻田中间东张西望,她拿不定主意,是去迎接父亲呢,还是走到母亲那里。

这时候天上传来隆隆的声响,地主抬起眼睛,看到北边的云层下面飞来了一架飞机。地主眯起眼睛看着它越飞越近,依然看不出什么来。他就问近处一位提着镰刀同样张望的农妇:

"是青天白日吗?"

农妇听后打了一抖,说道:

"是太阳旗。"

是日本人的飞机。地主心想糟了,随即看到飞机下了两颗灰颜色的蛋,地主赶紧将身体往后一坐,整个人跌坐到了粪缸里。粪水哗啦溅起和炸弹的爆炸几乎是同时。在爆炸声里,地主的耳中出现了无数蜜蜂的鸣叫,一片扬起的尘土向他纷纷飘落。地主双眼紧闭,脑袋里嗡嗡直响。尽管如此,他仍然能够感受到粪水荡漾时的微波,脸上有一种痒滋滋的爬动,他睁开眼睛,将右手伸出粪水,看到手上有几条白色小虫,就挥了挥手将虫子甩去,此后才去捏脸上的小虫,一捏到小虫似乎就化了。粪缸里臭气十足,地主就让鼻子停止呼吸,把嘴巴张得很大。他觉得这样不错，就是脑袋还嗡嗡直响。好像有很多喊叫的人声，听上去很遥远，像是黑夜里远处的无数火把，闪来闪去的。地主微微仰起脑袋，天空呈现着黑暗前最后的蓝色，很深的蓝色。

地主在粪缸里一直坐到天色昏暗，他脑袋里的嗡嗡声逐渐减弱下去。他听到一个脚步在走过来，他知道是儿子，只有儿子的脚步才会这么无精打采。那位少爷走到粪缸旁，先是四处望望，然后看到了端坐于粪水之中的父亲，少爷歪了歪脑袋，说道：

"爹，都等着你吃饭呢。"

地主看看天空，问儿子：

"日本人走啦？"

"早走啦！快出来吧。"少爷转过身去咕哝道，"这又不是澡堂。"

地主向儿子伸过去右手，说："拉我一把。"

少爷迟疑不决地看着父亲的手，虽然天色灰暗起来，他还是看到父亲满是粪水的手上爬着不少小白虫。少爷蹲下身去采了几张南瓜叶子给地主，说：

"你先擦一擦。"

地主接过新鲜的瓜叶，上面有一层粉状的白毛，擦在手中毛茸茸的，略略有些刺手，恍若羊毛在手上经过，瓜叶折断后滴出的青汁有一股在鼻孔里拉扯的气味。地主擦完后再次把手伸向儿子，少爷则是看一看，又去采了几张南瓜叶子，放在自己掌心，隔着瓜叶握住了父亲的手，使了使劲把他拉了出来。

粪水淋淋的地主抖了抖身体，在最初来到的月光里看着往前走去的儿子，心想：

这孽子。

二

城外安昌门外大财主王子清的公子王香火，此刻正坐在开顺酒楼上。酒楼里空空荡荡，只有一个花甲老头蜷缩在墙角昏昏欲睡，怀里抱着一把二胡。王香火的桌前放着三碟小菜、一把酒壶和一只酒盅。他双手插在棉衫袖管里，脑袋上扣一顶瓜皮帽，微闭着眼睛像是在打盹，其实他正看着窗外。

窗外阴雨绵绵，湿漉漉的街道上如同煮开的水一样一片跳跃，两旁屋檐上滴下的水珠又圆又亮。他的窗口对着西城门，城墙门洞里站着五个荷枪的日本兵，对每一个出城的人都搜身检查。这时有母女二人走了过去，她们撑着的黄色油布雨伞，在迷蒙的雨中很像开放的油菜花，亮闪闪的一片。母亲的手紧紧搂住小女孩的肩，然后那片油菜花，春天里的油菜花突然消失了，她们走入了城墙门洞，站在日本人的面前。一个日本兵友好地抚摸起小女孩的头发,另一个在女孩母亲身上又摸又捏,动作看上去像是给沸水烫过的鸡煺毛似的。雨在风中歪歪斜斜地抖动,使他难以看清那位被陌生之手侵扰的女人的不安。

王香火将眼睛稍稍抬高,这样的情景他已经看到很多次了。现在,他越过了城墙,看到了远处一片无际之水。雨似乎小起来,他感到间隙正在扩大,远处的景色犹如一块正在擦洗的玻璃,逐渐清晰。他都能够看到拦鱼的竹篱笆从水中一排排露出着,一条小船就从篱笆上压了过去,在水汽蒸腾的湖面上恍若一张残叶漂浮着。船上有三个细小的人影,船头一人似乎手握竹竿在探测湖底。接着他看到中间一人跃入水中,少顷那人露出水面,双手先是向船舱做了摔去的动作,而后才一翻身进入船舱。因为远,那人翻身的动作在王香火眼中简化成了滚动,这位冬天里的捕鱼人从水面滚入了船舱。

城门那里传来的喊叫之声,透过窗户来到了王香火的耳中,仿佛是某处宅院着火时的慌乱。两个日本兵架着一个商人模样的男子,冲到了街道中央,又立刻站定。男子脸对着王香火这边,他的两条胳膊被日本兵攥住,第三个日本兵端平了上刺刀的枪,朝着他的背脊哇哇大叫着冲上来。那男子毫无反应,也许他不知道背后的喊叫是死亡的召唤。王香火看到了他的身体像是被推了一把似的摇晃了两下,胸前突然生出了一把刺刀,他的眼睛在那一刻睁得滚圆,仿佛眼珠就要飞奔而出。

那日本兵抬起一条腿，狠狠地向他踹去，趁他倒下时拔出了刺刀。他喷出的鲜血溅了那日本兵满满一脸，使得另两个日本兵又喊又笑，而那个日本兵则满不在乎地举臂高喊了几声，洋洋得意地回到城门下。

一双布鞋的声音走上楼来，五十开外的老板娘穿着粗布棉袄，脸上搽胭脂似的搽了一些灶灰。看着她粗壮走来的身体，王香火心想，难道日本人连她都不会放过？

老板娘说："王家少爷，赶紧回家吧。"

她在王香火对面斜着身子坐下，从袖管里抽出一条粉色的手帕，举到眼前，她抽泣道：

"我吓死啦。"

王香火注意到她是先擦眼睛，此后才有些许眼泪掉落出来。她落魄的容貌是精心打扮的，可她手举手帕的动作有些过分妖艳。那个在角落里打盹的老头咳嗽起来，接着站起身朝窗旁的两人看了一会儿，他似乎想说些什么，可是那两人头都没回，准备说话的嘴就变成了哈欠。

王香火说："雨停了。"

老板娘停止了抽泣，她仔细地抹了抹眼睛，将手帕又放回到袖管里。她看看窗下的日本兵，说道：

"好端端的生意被糟蹋了。"

王香火走出了开顺酒楼，在雨水流淌的街道上慢慢走去。刚才死去的男人还躺在那里，他的礼帽离他有几步远，礼帽里盛满了雨水。王香火没有看到流动的血，或许是被刚才的雨给冲走了。死者背脊上有一团杂乱的淡红色，有一些棉花翻了出来，又被雨点打扁了。王香火从他身旁绕了过去，走近了城门。

此刻，城墙门洞里只站着两个日本兵，扶枪看着他走近。王香火走到他们面前，取下瓜皮帽握在胸前，向其中一个鞠了一躬，接着又向另一个也鞠躬行礼。他看到两个日本兵高兴地笑了起来，一个还向他跷起了大拇指。他就从他们中间走了过去，免去了搜身一事。

城外那条道路被雨水浸泡了几日，泥泞不堪，看上去坑坑洼洼。王香火选择了道旁的青草往前走去，从而使自己的双脚不被烂泥困扰。青草又松又软，歪歪曲曲地追随着道路向远处延伸。天空黑云翻滚，笼罩着荒凉的土地。王香火双手插在袖管里，在初冬的寒风里低头而行，他的模样很像田野里那几棵丧失树叶的榆树，干巴巴地置身于一片阴沉之中。

那时候，前面一座尼姑庵前聚集了一队日本兵，他们截住了十来个过路的行人，让行人排成一行，站到路旁的水渠里，冰凉的泥水淹没到他们的膝盖，这些哆嗦的人已经难以分辨恐惧与寒冷。庵里的两个尼姑也在劫难逃，她们跪在庵前的一块空地上，两个兴致勃勃的日本兵用烂泥为她们还俗，将烂泥糊到她们光滑的头顶上，泥浆流得她们一脸都是，又顺着脖子流入衣内胸口。其他观看的日本兵狂笑着，像是畜生们的嗥叫，他们前仰后合的模样仿佛一堆醉鬼已经神志不清。当王香火走近时，两个日本兵正努力给尼姑的前额搞出一些刘海来，可是泥水却总是顷刻之间就流淌而下。其中一个日本兵就去拔了一些青草，青草在泥的帮助下终于在尼姑的前额粘住了。

这是一队准备去松篁的日本兵。他们的恶作剧结束以后，一个指挥官模样的日本人和一个翻译官模样的中国人，走到了站立在水渠里的人面前，日本人挨个地看了一遍，又与中国人说了些什么。显然，他们是在挑选一位向导，使他们可以准确地走到松篁。

王香火走到他们面前，阴沉的天空也许正尽情吸收他们的狂笑，在王香火眼中更为突出的是他们手舞足蹈的姿态，那些空洞张开的嘴令他想起家中院内堆放的瓦罐。他取下了瓜皮帽，向日本兵鞠躬行礼。他看到那个指挥官笑嘻嘻地上前几步，用鞭柄敲敲他的肩膀，转过身去对翻译官叽叽咕咕说了一遍。王香火听到了鸭子般的声音，日本人厚厚的嘴唇上下摆动的情形，加强了王香火的想法。

翻译官走上来说："你，带我们去松篁。"

三

这一年冬天来得早，还是十一月份的季节，地主家就用上炭盆了。王子清坐在羊皮铺就的太师椅里，两只手伸向微燃的炭火，神情悠然。屋外滴滴答答的雨水声和木炭的爆裂声融为一体，火星时时在他眼前飞舞，这情景令他感受着昏暗屋中细微的活跃。

雇工孙喜劈柴的声响阵阵传来，寒流来得过于突然，连木炭都尚未准备好，只得让孙喜先在灶间烧些木炭出来。

地主家三代的三个女人也都围着炭盆而坐，她们都穿上了厚厚的棉袄棉裤，穿了棉鞋的脚还踩在脚锣上，盛满的灶灰从锣盖的小孔散发出热量。即便如此，她们的身体依然紧缩着，仿佛是坐在呼啸的寒风之中。

地主的孙女对寒冷有些三心二意，她更关心的是手中的拨浪鼓，她怎么旋转都无法使那两个蚕豆似的鼓槌击中鼓面。稍一使劲拨浪鼓就脱手掉落了，她坐在椅子上探出脑袋看着地上的拨浪鼓，晃晃两条腿，觉得自己离地面远了一些，就伸手去拍拍她的母亲，那使劲的样子像是在拍打蚊虫。

灶间有一盆水浇到还在燃烧的木柴上，一片很响亮的哧哧声涌了过来，王子清听了感到精神微微一振，他就挪动了一下屁股，身体有一股舒适之感扩散开去。

孙喜提了一畚箕还在冒烟的木炭走了进来，他破烂的棉袄敞开着，露出胸前结实的皮肉，他满头大汗地走到这几个衣服像盔甲一样厚的人中间，将畚箕放到炭盆旁，在地主随手可以用火钳夹得住的地方。

王子清说道："孙喜呵，歇一会儿吧。"

孙喜直起身子，擦擦额上的汗说：

"是，老爷。"

地主太太数着手中的佛珠，微微抬起左脚，右脚将脚锣往前轻轻一推，对孙喜说：

"有些凉了，替我去换些灶灰来。"

孙喜赶紧哈腰将脚锣端到胸前，说一声：

"是，太太。"

地主的儿媳也想换一些灶灰，她的脚移动了一下没有作声，觉得自己和婆婆同时换有些不妥。

坐久了身架子有些酸疼，王子清便站了起来，慢慢踱到窗前，听着屋顶滴滴答答的雨声，心情有些沉闷。屋外的树木没有一片树叶，雨水在粗糙的树干上歪歪曲曲地流淌，王子清顺着往下看，看到地上的一丛青草都垂下了，旁边的泥土微微撮起。王子清听到了一声鼓响，然后是他的孙女咯咯而笑，她终于击中了鼓面。孙女清脆的笑声使他微微一笑。

日本人到城里的消息昨天就传来了，王子清心想：那孽子也该回来了。

四

"太君说，"翻译官告诉王香火，"你带我们到了松篁，会重重有赏。"

翻译官回过头去和指挥官叽叽咕咕说了一通。王香火将脸扭了扭，看到那些日本兵都在枪口上插了一枝白色的野花，有一挺机枪上插了一束白花。那些白色花朵在如烟般飘拂的黑云下微微摇晃，旷漠的田野使王香火轻轻吐出了一口气。

"太君问你，"翻译官戴白手套的手将王香火的脸拍拍正，"你能保证把我们带到松篁吗？"

翻译官是个北方人，他的嘴张开的时候总是先往右侧扭一下。他的鼻子很大，几乎没有鼻尖，那地方让王香火看到了大蒜的形状。

"你他娘的是哑巴？"

王香火的嘴被重重地打了一下，他的脑袋甩了甩，帽子也歪了。然后他开口道：

"我会说话。"

"你他娘的！"

翻译官狠狠地给了王香火一耳光，转回身去怒气十足地对指挥官说了一通鸭子般的话。王香火戴上瓜皮帽，双手插入袖管里，看着他们。指挥官走上几步，对他吼了一段日本话。然后退下几步，朝两个日本兵挥挥手。翻译官叫嚷道：

"你他娘的把手抽出来！"

王香火没有理睬他，而是看着走上来的两个日本兵，思忖着他们会干什么。一个日本兵朝他举起了枪托，他看到那朵白花摇摇欲坠。王香火左侧的肩膀遭受了猛烈一击,双腿一软跪到了地上,那朵白花也掉落到泥泞之中,白色的花瓣依旧张开着。可是另一个日本兵的皮鞋踩住了它。

王香火抬起眼睛,看到日本兵手中拿了一根稻秧一样粗的铁丝,两端磨得很尖。另一个日本兵矮壮的个子,似乎有很大的力气,一下子就把他在袖管里的两只手抽了出来,然后站到了他的身后,把他两只手叠到了一起。拿铁丝的日本兵朝他嘿嘿一笑,就将铁丝往他的手掌里刺去。

一股揪心的疼痛使王香火低下了头,把头歪在右侧肩膀上。疼痛异常明确,铁丝受到了手骨的阻碍,似乎让他听到了嗒嗒这样的声响。铁丝往上斜了斜总算越过了骨头,从右侧手掌穿出,又刺入了左侧手掌。王香火听到自己的牙齿激烈地碰撞起来。

铁丝穿过两个手掌之后,日本兵一脸的高兴,他把铁丝拉来拉去拉了一阵,王香火忍不住低声呻吟起来。他微睁的眼睛看到铁丝上如同油漆似的涂了一层血,血的颜色逐渐黑下去,最后和下面的烂泥无法分辨了。日本兵停止了拉动,开始将铁丝在他手上缠绕起来。过了一会儿,这个日本兵走开了,他听到了哗啦哗啦的声响,仿佛是日本兵的庆贺。他感到全身颤抖不已,手掌那地方越来越烫,似乎在燃烧。眼前一片昏暗,他就将眼睛闭上。

可能是翻译官在对他吼叫,有一只脚在踢他,踢得不太重，他只是摇晃，没有倒下。他摇摇晃晃，犹如一条捕鱼的小船，在那水汽蒸腾的湖面上。

然后，他睁开眼睛，看清了翻译官的脸，他的头发被属于这张脸的手揪住了。翻译官对他吼道：

"你他娘的站起来！"

他身体斜了斜，站起来。现在他可以看清一切了，湿漉漉的田野在他们身后出现，日本兵的指挥官正对他叫嚷着什么，他就看看翻译官，翻译官说：

"快走。"

刚才滚烫的手被寒风一吹，升上了一股冰凉的疼痛。王香火低头看了看，手上有斑斑血迹，缠绕的铁丝看上去乱成一团。他用嘴咬住袖管往中间拉，直到袖管遮住了手掌。他感觉舒服多了，仿佛什么也没有发生，他的双手依旧插在袖管里。两个尼姑还跪在那里，她们泥浆横流的脸犹如两堵斑驳的墙，只有那四只眼睛是干净的，有依稀的光亮在闪耀，她们正看着他，他也怜悯地看着她们。水渠里站着的那排人还在哆嗦，后面有一个小土坡，坡上的草被雨水冲倒后露出了根须。

五

地主家的雇工孙喜，这天中午来到了李桥，他还是穿着那件破烂的棉袄，胸口敞开着，腰间系一根草绳，满脸尘土地走来。

他是在昨天离开的地方，听说押着王香火的日本兵到松篁去了。他抹了抹脸上沾满尘土的汗水，憨笑着问：

"到松篁怎么走？"

人家告诉他："你就先到李桥吧。"

阴雨几乎是和日本人同时过去的。孙喜走到李桥的时候，他右脚的草鞋带子断了，他就将两只草鞋都脱下来，插在腰间，光着脚丫噼噼啪啪走进了这个小集镇。

那时候镇子中央有一大群人围在一起哄笑和吆喝，这声音他很远就听到了，中间还夹杂着牲畜的叫唤。阳光使镇子上的土墙亮闪闪的，地上还是很潮湿，但已经不再泥泞了，光脚踩在上面有些软，要不是碎石子硌脚，还真像是踩在稻草上面。

孙喜在那里站了一会儿，看看那团哄笑的人，又看看几个站在屋檐下穿花棉袄的女人，寻思着该向谁去打听少爷的下落。他慢吞吞地走到两堆人中间，发现那几个女人都斜眼看着他，他有些泄气，就往哄笑的男人堆里走去。

一个精瘦的男人正将一只公羊往一只母猪身上放，母猪趴在地上嗷嗷乱叫，公羊咩咩叫着爬上去时显得勉为其难。那男人一松手，公羊从母猪身上滑落在地，母猪就用头去拱它，公羊则用前蹄还击。那个精瘦的男人骂道：

"才入洞房就干架了，他娘的。"

193

另一个人说：

"把猪翻过来，让它四脚朝天，像女人一样侍候公羊。"

众人都纷纷附和，精瘦男人嘻嘻笑着说：

"行呵，只是弟兄们不能光看不动手呀。"

有四个穿着和孙喜一样破烂棉袄的男子，动手将母猪翻过来，母猪白茸茸的肚皮得到了阳光的照耀，明晃晃的一片。母猪也许过于严重地估计了自己的处境，四条粗壮的腿在一片嗷叫里胡蹬乱踢。那四个人只得跪在地上，使劲按住母猪的腿，像按住一个女人似的。精瘦的男人抱起了公羊，准备往母猪身上放，这会儿轮到公羊四蹄乱踢，一副誓死不往那白茸茸肚皮上压的模样。那男人吐了一口痰骂起来：

"给你一个胖乎乎的娘们，你他娘的还不想要。他奶奶的！"

又上去四个人像拉纤一样将公羊四条腿拉开，然后把公羊按到了母猪的肚皮上。两头牲畜发出了同样绝望的喊叫，嗷嗷乱叫和咩咩低吟。人群的笑声如同狂风般爆发了，经久不息。孙喜这时从后面挤到了前排，看到了两头牲畜脸贴脸的滑稽情景。

有一个人说道："别是头母羊。"

那精瘦的男子一听，立刻让人将公羊翻过来，一把捏住它的阳具，瞪着眼睛说：

"你小子看看，这是什么？这总不是奶子吧。"

孙喜这时开口了,他说:

"找不到地方。"

精瘦男子一下子没明白,他问:

"你说什么?"

"我说公羊找不到母猪那地方。"

精瘦男子一拍脑门,茅塞顿开的样子,他说:

"你这话说到点子上去了。"

孙喜听到夸奖微微有些脸红,兴奋使他继续往下说:

"要是教教它就好了。"

"怎么教它?"

"牲畜那地方的气味差不多,先把羊鼻子牵到那里去嗅嗅,先让它认准了。"

精瘦男人高兴地一拍手掌,说道:

"你小子看上去憨头憨脑的,想不到还有一肚皮传宗接代的学问。你是哪里人?"

"安昌门外的。"孙喜说,"王子清老爷家的,你们见过我家少爷了吗?"

"你家少爷?"精瘦男人摇摇头。

"说是被日本兵带到松篁去了。"

有一人告诉孙喜:

"你去问那个老太婆吧。日本兵来时我们都跑光了,只有她在。没准她还会告诉你日本兵怎么怎么地把她那地方睡得又红又肿。"

在一片嬉笑里，孙喜顺着那人手指看到了一位六十左右的老太太正独自一人靠着土墙，在不远处晒太阳。孙喜就慢慢地走过去，他看到老太太双手插在袖管里，有一眼没一眼地看着他。孙喜努力使自己脸上堆满笑容，可是老太太的神色并不因此出现变化，散乱的头发下面是一张皱巴巴木然的脸。孙喜越走到她跟前，心里越不是滋味。好在老太太冷眼看了他一会儿后，先开口问他了：

"他们是在干什么？"

老太太眼睛朝那群人指一指。

"嗯——"孙喜说，"他们让羊和猪交配。"

老太太嘴巴一歪，似乎是不屑地说：

"一帮子骚货。"

孙喜赶紧点点头，然后问她：

"他们说你见过日本兵？"

"日本兵？"老太太听后愤恨地说，"日本兵比他们更骚。"

六

雨水在灰蒙蒙的空中飘来飘去，贴着脖子往里滴入，棉衫越来越重,身体热得微微发抖,皮肤像是涂了层糜烂的辣椒,仿佛燃烧一样,身上的关节正在隐隐作痛。

雨似乎快要结束了,王香火看到西侧的天空出现了惨淡的白色,眉毛可以接住头发上掉落的水珠。日本兵的皮鞋在烂泥里发出一片叽咕叽咕类似青蛙的叫声,他看到白色的泡沫从泥泞里翻滚出来。

翻译官说:"喂,前面是什么地方?"

王香火眯起眼睛看看前面的集镇,他看到李桥在阴沉的天空下,像一座坟茔般耸立而起,在翻滚的黑云下面,缓慢地接近了他。

"喂。"

翻译官在他脑袋上重重地拍了一下,他晃了晃,然后才说:

"到李桥了。"

接着他听到了一段日本话,犹如水泡翻腾一样。日本兵都站住了脚,指挥官从皮包里拿出了一张地图,有几个士兵立刻脱下自己的大衣,用手张开为地图挡雨水。他们全都湿淋淋的,睁大眼睛望着他们的指挥官,指挥官收起地图吆喝了一声,他们立刻整齐地排成了一行,尽管疲乏依然劲头十足地朝李桥进发。

细雨笼罩的李桥以寂寞的姿态迎候他们,在这潮湿的冬天里,连一只麻雀都看不到。道路上留着胡乱的脚印和一条细长的车辙,显示了一场逃难在不久前曾经"昙花一现"。

后来，他们来到了一处较大的住宅，王香火认出是城里开丝绸作坊的马家的私宅。逃难发生得过于匆忙，客厅里一盆炭火还在微微燃烧。日本兵指挥官朝四处看看，发出了满意的叫唤，脱下湿淋淋的大衣后，躺到了太师椅子里，穿皮鞋的双脚舒服地搁在炭盆上。这使王香火闻到了一股奇怪的气味，他看到那双湿透的皮鞋出现了歪曲而上的蒸汽。指挥官向几个日本兵叽叽咕咕说了些什么，王香火听到了鞋后跟的碰撞，那几个日本兵走了出去。另外的日本兵依然站着，指挥官挥挥手说了句话，他们开始嬉笑着脱去大衣，围着炭火坐了下来。坐在指挥官身后的翻译官对王香火说：

"你也坐下吧。"

王香火选择一个稍远一些的墙角，席地坐下。他闻到了一股腥臭的气息，与日本兵哗啦哗啦说话的声音一起盘旋在他身旁。手掌的疼痛由来已久，似乎和手掌同时诞生，王香火已经不是很在意了。他看到两处的袖口油腻腻的，这情景使他陷入艰难的回忆，他怎么也无法得到这为何会油腻的答案。

几个出去的日本兵押着一位年过六十的老太太走了进来，那指挥官立刻从太师椅里跳起，走到他们跟前，看了看那位老女人，接着勃然大怒，他嘹亮的嗓音似乎是在训斥手下的无能。一个日本兵站得笔直，哇哇说了一通。指挥官才稍稍息怒，又看看老太太，然后皱着眉转过头来向翻译官招招手，翻译官急匆匆地走了上去，对老太太说：

"太君问你，你有没有女儿或者孙女？"

老太太看了看墙角的王香火，摇了摇头说：

"我只有儿子。"

"镇上一个女人都没啦？"

"谁说没有？"老太太似乎是不满地看了翻译官一眼，"我又不是男的。"

"你他娘的算什么女人。"

翻译官骂了一声，转向指挥官说了一通。指挥官双眉紧皱，老太太皱巴巴的脸使他难以看上第二眼。他向两个日本兵挥挥手，两个日本兵立刻将老太太架到一张八仙桌上。被按在桌上后老太太"哎哟哎哟"叫了起来，她只是被弄疼了，她还不知道将要发生什么。

王香火看着一个日本兵用刺刀挑断了她的裤带，另一个将她的裤子剥了下来，露出了青筋暴突并且干瘦的腿，屁股和肚子出现了鼓出的皮肉。那身体的形状在王香火眼中像一只仰躺的昆虫。

现在，老太太知道自己面临了什么，当指挥官伸过去手指摸她的阴部时，她喉咙里滚出了一句骂人的话：

"不要脸啊！"

她看到了王香火，就对他诉苦道：

"我都六十三了，连我都要。"

老太太并没有表现得过于慌乱，当她感到自己早已丧失了抵抗能力，就放弃了愤怒和牢骚。她看着王香火，继续说：

"你是安昌门外王家的少爷吧？"

王香火看着她没有作声，她又说：

"我看着你有点儿像。"

日本兵指挥官显得对老太太的阴部大失所望，他哇哇吼了一通，然后举起鞭子朝老太太那过于松懈的地方抽去。

王香火看到她的身体猛地一抖，"哎哟哎哟"地喊叫起来。鞭子抽打上去时出现了呼呼的风声，噼噼啪啪的声响展示了她剧烈的疼痛。遭受突然打击的老太太竟然还使劲撑起脑袋，对指挥官喊：

"我都六十三岁啦。"

翻译官上去就是一巴掌，把她撑起的脑袋打落下去，骂道：

"不识抬举的老东西，太君在让你返老还童。"

苍老的女人在此后只能以呜呜地呻吟来表示她多么不幸。指挥官将她那地方抽打成红肿一片后才放下鞭子，他用手指试探一下，血肿形成的弹性让他深感满意。他解下自己的皮带，将裤子褪到大腿上，走上两步。这时他又哇哇大叫起来，一个日本兵赶紧用一面太阳旗盖住老太太令他扫兴的脸。

七

气喘吁吁的孙喜跑来告知王香火的近况之后,一种实实在在的不祥之兆如同阳光一样照耀到了王子清油光闪亮的脑门上。地主站在台阶上,将一吊铜钱扔给了孙喜,对他说:

"你再去看看。"

孙喜捡起铜钱,向他哈哈腰说:"是,老爷。"

看着孙喜又奔跑而去后,王子清低声骂了一句儿子:

"这孽子。"

地主的孽子作为一队日本兵的向导,将他们带到一个名叫竹林的地方后,改变了前往松篁的方向。王香火带着日本兵走向了孤山。孙喜带回的消息让王子清得知:当日本兵过去后,当地人开始拆桥了。孙喜告诉地主:"是少爷吩咐干的。"

王子清听后全身一颤,他眼前晴朗的天空出现了花朵凋谢似的灰暗。他呆若木鸡地站立片刻,心想:这孽子要找死了。

孙喜离去后,地主依旧站立在石阶上,眺望远处起伏的山冈,也许是过于遥远,山冈看上去犹如浮云般虚无缥缈。连绵阴雨结束之后,冬天的晴朗依然散发着潮湿。

然后,地主走入屋中,他的太太和儿媳坐在那里以哭声迎候他。他在太师椅里坐下,看着两个抽泣的女人,她们都低着头,捏着手帕的一角擦眼泪,手帕的大部分都垂落到了胸前,她们泪流满腮,却拿着个小角去擦。这情形使地主微微摇头。她们呜呜的哭声长短不一，仿佛已在替他儿子守灵了。太太说：

"老爷，你可要想个办法呀。"

他的儿媳立刻以响亮的哭声表达对婆婆的声援。地主皱了皱眉，没有作声。太太继续说：

"他干吗要带他们去孤山呢？还要让人拆桥。让日本人知道了他怎么活呀。"

这位年老的女人显然缺乏对儿子真实处境的了解，她巨大的不安带有明显的盲目。她的儿媳对公公的镇静难以再视而不见了，她重复了婆婆的话：

"爹，你可要想个办法呀。"

地主听后叹息了一声，说道：

"不是我们救不救他，也不是日本人杀不杀他，是他自己不想活啦。"

地主停顿一下后又骂了一句：

"这孽子。"

两个女人立刻号啕大哭起来，凄厉的哭声使地主感到五脏六腑都受到了震动，他闭上眼睛，心想就让她们哭吧。这种时候和女人待在一起真是一件要命的事。地主努力使自己忘掉她们的哭声。

过了一会儿，地主感到有一只手慢慢摸到了他脸上，一只沾满烂泥的手。他睁开眼睛看到孙女正满身泥巴地望着他。显然两个女人的哭泣使她不知所措，只有爷爷安然的神态吸引了她。地主睁开眼睛后，孙女咯咯笑起来，她说：

"我当你是死了呢。"

孙女愉快的神色令地主微微一笑，孙女看看两个哭泣的女人，问地主："她们在干什么呀？"

地主说："她们在哭。"

一座四人抬的轿子进了王家大院，地主的老友、城里开丝绸作坊的马老爷从轿中走出来，对站在门口的王子清作揖，说道：

"听说你家少爷的事，我就赶来了。"

地主笑脸相迎，连声说：

"请进，请进。"

听到有客人来到，两个女人立刻停止了呜咽，抬起通红的眼睛向进来的马家老爷露出一笑。客人落座后，关切地问地主：

"少爷怎么样了？"

"嗐——"地主摇摇头，说道，"日本人要他带着去松篁，他却把他们往孤山引，还吩咐别人拆桥。"

马老爷大吃一惊，脱口道：

"糊涂，糊涂，难道他不想活了？"

他的话使两个女人立刻又痛哭不已，王家太太哭着问：

"这可怎么办呀？"

马家老爷一脸窘相,他措手不及地看着地主。地主摆摆手,对他说:

"没什么,没什么。"

随后地主叹息一声,说道:

"你若想一日不得安宁,你就请客;若想一年不得安宁,那就盖屋;若要是一辈子不想安宁……"地主指指两个悲痛欲绝的女人,继续说,"那就娶妻生子。"

八

竹林这地方有一大半被水围住,陆路中断后,靠东南两侧木板铺成的两座长桥向松篁和孤山延伸。天空晴朗后,王香火带着日本兵来到了竹林。

王香火一路上与一股腥臭结伴而行,阳光的照耀使袖口显得越加油腻,身上被雨水浸湿的棉衫出现了发霉的气息。他感到双腿仿佛灌满棉花似的松软,跨出去的每一步都迟疑不决。现在,他终于看到那一片宽广之水了。深蓝荡漾的水波在阳光普照下,变成了一片闪光的黑暗。他深深地吸了一口气,冬天的水面犹如寺庙一尘不染的地面,干净而且透亮,露出水面的竹篱笆恍若一排排的水鸟,在那里凝望着波动的湖水。

地主的儿子将手臂稍稍抬起,用牙齿咬住油腻的袖口往两侧拉了拉。他看到了自己凄楚的手掌。缠绕的铁丝似乎粗了很多，上面爬满了白色的脓水。肿胀的手掌犹如猪蹄在酱油里浸泡过久时的模样，这哪还像是手。王香火轻轻呻吟一声，抬起头尽量远离这股浓烈的腥臭。他看到自己已经走进竹林了。

翻译官在后面喊：

"你他娘的给我站住！"

王香火回过身去，才发现那队日本兵已经散开了，除了几个端着枪警戒的，别的都脱下了大衣，开始拧水。指挥官在翻译官的陪同下，向站在一堵土墙旁的几个男子走去。

或许是来不及逃走，竹林这地方让王香火感到依然人口稠密。他看到几个孩子的脑袋在一堵墙后挨个地探出了一下，有一个老人在不远处犹犹豫豫地出现了。他继续去看指挥官走向那几个人，那几个男子全都向日本兵低头哈腰，日本兵的指挥官就用鞭柄去敲打他们的肩膀，表示友好，然后通过翻译官说起话来。

刚才那个犹豫不决的老人慢慢走近了王香火，胆怯地喊了一声："少爷。"

王香火仔细看了看，认出了是他家从前的雇丁张七，前年才将他辞退。王香火便笑了笑，问他：

"你身子骨还好吧？"

"好，好。"老人说，"就是牙齿全没了。"

王香火又问："你现在替谁家干活？"

老人羞怯地一笑，有些难为情地说：

"没有啊，谁还会雇我？"

王香火听后又笑了笑。

老人看到王香火被铁丝绑住的手，眼睛便混浊起来，颤声问道：

"少爷，你是遭了哪辈子的灾啊？"

王香火看看不远处的日本兵，对张七说：

"他们要我带路去松篁。"

老人伸手擦了擦眼睛，王香火又说：

"张七，我好些日子没拉屎了，你替我解去裤带吧。"

老人立刻走上两步，将王香火的棉衫撩起来，又解了裤带，把他的裤子脱到大腿下面，然后说声：

"好了。"

王香火便擦着土墙蹲了下去，老人欣喜地对他说：

"少爷，从前我一直这么侍候你，没想到我还能再侍候你一次。"

说着，老人呜呜地哭了起来。王香火双眼紧闭，哼哼哈哈喊了一阵，才睁开眼睛对老人说：

"好啦。"

接着他翘起了屁股，老人立刻从地上捡了块碎瓦片，将滞留在屁眼上的屎仔细刮去。又替他穿好了裤子。

王香火直起腰，看到有两个女人被拖到了日本兵指挥官面前，有好几个日本兵围了上去。王香火对老人说：

"我不带他们去松篁，我把他们引到孤山去。张七，你去告诉沿途的人，等我过去后，就把桥拆掉。"

老人点点头，说：

"知道了，少爷。"

翻译官在那里大声叫骂他，王香火看了看张七，就走了过去。张七在后面说：

"少爷，回家后可要替张七向老爷请安。"

王香火听后苦笑一下，心想我是见不着爹了。他回头向张七点点头，又说：

"别忘了拆桥的事。"

张七向他弯弯腰，回答道：

"记住了，少爷。"

九

日本兵过去后一天，孙喜来到了竹林。这一天阳光明媚，风力也明显减小了，一些人聚在一家杂货小店前，或站或坐地晒着太阳聊天。小店老板是个四十来岁的男子，站在柜台内。街道对面躺着一个死去的男人，衣衫褴褛，看上去上了年纪了。小店老板说：

"日本人来之前他就死了。"

另一个人同意他的说法，应声道：

"是啊，我亲眼看到一个日本兵走过去踢踢他，他动都没动。"

孙喜走到了他们中间，挨个地看了看，也在墙旁蹲了下去。小店老板向那广阔的湖水指了指说道：

"干这一行的，年轻时都很阔气。"

他又指了指对面死去的老人，继续说：

"他年轻时每天都到这里来买酒，那时我爹还活着，他从口袋里随便一摸，就抓出一大把铜钱，啪地拍在柜台上，那气派——"

孙喜看到湖面上有一叶小船，船上有三个人，船后一人摇船，船前一人用一根长长的竹竿探测湖底。冬天一到，鱼都躲到湖底深潭里去了。那握竹竿的显然探测到了一个深潭，便指示船后一人停稳了。中间那赤膊的男子就站起来，仰脸喝了几口白酒后，纵身跃入水中。有一人说道：

"眼下这季节，鱼价都快赶上人参了。"

"兄弟，"老板看看他说，"这可是损命的钱，不好挣。"

又有人附和："年轻有力气还行，年纪一大就不行啦。"

在一旁给小店老板娘剪头发的剃头师傅这时也开口了，他说：

"年轻也不一定行，常有潜水到了深潭里就出不来的事。

潭越深,里面的蚌也越大。常常是还没摸着鱼,手先伸进了张开的蚌壳,蚌壳一合拢夹住手,人就出不来了。"

小店老板频频点头。众人都往湖面上看,看看那个冬天里的捕鱼人是否也会被蚌夹住。那条小船在水上微微摇晃,船头那人握着竹竿似乎在朝这里张望,竹竿的大部分都浸在水中。另一人不停地摆动双桨,将船固定在原处。那捕鱼人终于跃出了水面,他将手中的鱼摔进了船舱,白色的鱼肚在阳光里闪耀了几下,然后他撑着船舷爬了上去。

众人逐个地回过头来,继续看着对面死去的捕鱼人。老人躺在一堵墙下面,脸朝上,身体歪曲着,一条右腿撑得很开,看上去裤裆那地方很开阔。死者身上只有一套单衣,千疮百孔的样子。

"肯定是冻死的。"有人说。

剃头的男人给小店老板娘洗过头以后,将一盆水泼了出去。他说:

"干什么都要有手艺,种庄稼要手艺,剃头要手艺,手艺就是饭碗。有手艺,人老了也有饭碗。"

他一只手从胸前口袋里取出一把梳子,麻利地给那位女顾客梳头,另一只手在头发末梢不停地挤捏着,将水珠甩到一旁。两只手配合得恰到好处。其间还用梳子迅速地指指死者。

"他吃的亏就是没有手艺。"

小店老板微微不悦,他抬了抬下巴,慢条斯理地说:

"这也不一定,没手艺的人更能挣钱,开工厂、当老板、做大官,都能挣钱。"

剃头的男人将木梳放回胸前的口袋,换出了一把掏耳朵的银制小长勺。他说:

"当老板,也要有手艺,比如先生你,什么时候进什么货,进多少,就是手艺,行情也是手艺。"

小店老板露出了笑容,他点点头说:

"这倒也是。"

孙喜定睛看着坐在椅子上的老板娘,她懒洋洋极其舒服地坐着,闭着双眼,阳光在她身上闪亮,她的胸脯高高突起。剃头男子正给她掏耳屎,他的另一只手不失时机地在她脸上完成了一些小动作。她仿佛睡着似的没有反应。一个人说:

"她也是没手艺的吧。"

孙喜看着斜对面屋里出来了一个浓妆艳抹的女人,扭着略胖的身体倚靠在一棵没有树叶的树上,看着这里。众人嘻嘻笑起来,有人说:

"谁说没有?她的手艺藏在裤子里。"

剃头男子回头看了一眼,嘿嘿笑了起来,说道:

"那是侍候男人的手艺,也不容易呵。那手艺全在躺下这上面,不能躺得太平,要躺得曲,躺得歪。"

湖面上那小船靠到了岸边,那位冬天里的捕鱼人纵身跳到岸上,敞着胸膛噔噔地走了过来,下身只穿一条湿漉漉的短裤衩，两条黑黝黝的腿上的肌肉一抖一抖的，他的脸和胸膛是古铜色的。他径直走到小店里，手伸进衣袋抓出一把铜钱拍在柜台上，对老板说：

"要一瓶白酒。"

老板给他拿了一瓶白酒，然后在一堆铜钱里拿了四个，他又一把将铜钱抓回到口袋里，噔噔地走向湖边的小船。他一步就跨进了船里，小船出现了剧烈的摇晃，他两条腿踩了踩，船逐渐平稳下来。那根竹竿将船撑离了岸边，慢慢离去，那人依旧站着仰脖喝了几口酒。

小船远去后，众人都回过头来，继续议论那个死去了的捕鱼人。小店老板说：

"他年轻时在这一行里，是数一数二的。年纪一大就全完了，死了连个替他收尸的人都没有。"

有人说："就是那身衣服也没人要。"

剃头的男子仍在给小店老板娘掏耳屎，孙喜看到他的手不时地在女人突起的胸前捏一把，佯睡的女人露出了微微笑意。这情景让孙喜看得血往上涌，对面那个妖艳的女人靠着树干的模样叫孙喜难以再坐着不动了。他的手在口袋里把老爷的赏钱摸来摸去。然后就站起来走到那女人面前。那个女人歪着身体打量着孙喜，对他说：

"你干什么呀？"

孙喜嘻嘻一笑，说道："这西北风呼呼的，吹得我直哆

211

嗦。大姐行行好,帮我暖暖身子吧。"

女人斜了他一眼,问:

"你有钱吗?"

孙喜提着口袋边摇了摇,铜钱碰撞的声音使他颇为得意,他说:"听到了吗?"

女人不屑地说:

"尽是些铜货。"她拍拍自己的大腿,"要想叫我侍候你,拿一块银圆来。"

"一块银圆?"孙喜叫道,"我都可以娶个女人睡一辈子了。"

女人伸手往墙上指一指,说道:

"你看看这是什么?"

孙喜看后说:"是洞嘛。"

"那是子弹打的。"女人神气十足地吊了吊眉毛,"我他娘的冒死侍候你们这些男人,你们还净想拿些铜货来搪塞我。"

孙喜将口袋翻出来,把所有铜钱捧在掌心,对她说:

"我只有这些钱。"

女人伸出食指隔得很远点了点,说:

"才只有一半的钱。"

孙喜开导她说:

"大姐,你闲着也是闲着,还不如把这钱挣了。"

"放屁。"女人说,"我宁愿它烂掉,也不能少一个子儿。"

孙喜顿顿足说道:"行啦,我也不想捡你的便宜,我就进来半截吧。一半的钱进来半截,也算公道吧。"

女人想一想,也行。就转身走入屋内,脱掉裤子在床上躺下,叉开两条腿后看到孙喜在东张西望,就喊道:

"你他娘的快点儿。"

孙喜赶紧脱了裤子爬上去,生怕她又改变主意了。孙喜一进去,女人就拍着他的肩膀喊起来:

"喂,喂,你不是说进来半截吗?"

孙喜嘿嘿一笑,说道:

"我说的是后半截。"

十

持续晴朗的天气让王子清感到应该出去走走了,自从儿子被日本兵带走之后家中两个担惊受怕的女人整日哭哭啼啼,使他难以得到安宁。那天送城里马家老爷出门后,地主摇摇头说:

"我能不愁吗?"他指指屋中哭泣的女人,"可她们是让我愁上加愁。"

地主先前常去的地方，是城里的兴隆茶店。那茶店楼上有丝绣的屏风、红木的桌椅，窗台上一尘不染。可以眺望远处深蓝的湖水。这是有身份的人去的茶店，地主能在那儿找到趣味相投的人。眼下日本兵占领了城里，地主想了想，觉得还是换个地方为好。

王子清在冬天温和的阳光里，戴着呢料的礼帽，身穿丝绸的长衫，拄着拐杖向安昌门走去。一路上他不停地用拐杖敲打松软的路面，路旁被踩倒的青草，天晴之后沾满泥巴重新挺立起来。很久没有出门的王子清，呼吸着冬天里冰凉的空气，看着虽然荒凉却仍然广阔的田野，那皱纹交错的脸逐渐舒展开来。

前些日子安昌门驻扎过日本兵，这两天又撤走了。那里也有一家不错的茶店，是王子清能够找到的最近一家茶店。

王子清走进茶店，一眼就看到了他在兴隆茶店的几个老友，这都是城里最有钱的人。此刻，他们围坐在屋角的一张茶桌上，邻桌的什么人都有，也没有屏风给他们遮挡，他们依然眉开眼笑地端坐于一片嘈杂之中。

马家老爷最先看到王子清，连声说：

"齐了，齐了。"

王子清向各位作揖，也说：

"齐了，齐了。"

城里兴隆茶店的茶友意外地在安昌门的茶店里凑齐了。马老爷说：

"原本是想打发人来请你，只是你家少爷的事，就不好打扰了。"

王子清立刻说：

"多谢，多谢。"

有一人将身子探到桌子中央，问王子清：

"少爷怎么样了？"

王子清摆摆手，说道：

"别提了，别提了。那孽子是自食苦果。"

王子清坐下后，一伙计左手捏着紫砂壶和茶盅，右手提着铜水壶走过来，将紫砂壶一搁，掀开盖，铜水壶高过王子清头顶，沸水浇入紫砂壶中，热气向四周蒸腾开去。其间伙计将浇下的水中断了三次，以示对顾客有礼，竟然没有一滴洒出紫砂壶外。王子清十分满意，他连声说：

"利索，利索。"

马老爷接过去说：

"茶店稍稍寒酸了些，伙计还是身手不凡。"

坐在王子清右侧的是城里学校的校长，戴着金丝眼镜的校长说：

"兴隆茶店身手最快最稳的要数戚老三，听说他挨了日本人一枪，半个脑袋飞走了。"

另一人纠正道：

"没打在脑袋上,说是把心窝打穿了。"

"一样,一样。"马老爷说,"打什么地方都还能喘口气,打在脑袋和心窝上,别说是喘气了,眨眼都来不及。"

王子清两根手指执起茶盅喝了一口说:

"死得好,这样死最好。"

校长点头表示同意,他抹了抹嘴说:

"城南的张先生被日本人打断了两条腿……"

有人问:

"哪个张先生?"

"就是测字算命的那位。打断了腿,没法走路,他知道自己要死了,血从腿上往外流,哭得那个伤心啊。知道自己要死了是最倒霉的。"

马老爷笑了笑,说道:

"是这样。我家一个雇工还走过去问他:'你怎么知道你要死了?'他呜呜地说:'我是算命的呀。'"

有一人认真地点点头,说:

"他是算命的,他说自己要死了,肯定会死。"

校长继续往下说:

"他死的时候吓得直哆嗦,哭倒是不哭了,人缩得很小,睁圆眼睛看着别人,他身上臭烘烘的,屎都拉到裤子上了。"

王子清摇摇头,说:

"死得惨,这样死最惨。"

一个走江湖的男子走到他们跟前，向他们弯弯腰，从口袋里拿出一沓合拢的红纸，对他们说：

"诸位都是人上人，我这里全是祖传秘方，想发财，想戒酒，想干什么只要一看这秘方就能办到。两个铜钱就可换一份秘方。诸位，两个铜钱，你们拿着嫌碍手，放着嫌碍眼，不如丢给我换一份秘方。"

马老爷问："有些什么秘方？"

走江湖的男子低头翻弄那些秘方，嘴里说道：

"诸位都是有钱人，对发财怕是没兴趣。这有戒酒的，有壮阳的……"

"慢着。"马老爷丢过去两个铜板说，"我就要发财的秘方。"

走江湖的便给了他一份发财秘方，马老爷展开一看，露出神秘一笑后就将红纸收起，惹得旁人面面相觑，不知他看到了什么。

走江湖的继续说：

"花无百日红，人无百年好。人生一世难免有伤心烦恼之事。伤心烦恼会让人日日消瘦，食无味睡不着，到头来恐怕性命难保。不要紧，我这里就有专治伤心烦恼的秘方，诸位为何不给自己留着一份？"

王子清把两个铜钱放在茶桌上，说：

"给我一份。"

接过秘方，王子清展开一看，上面只写着两个字——别想。王子清不禁微微一笑，继而又叹息一声。

这时，马家老爷取出了发财的秘方，向旁人展示，王子清同样也只看到两个字——勤劳。

十一

青草一直爬进了水里，从岸边出发时显得杂乱无章，可是一进入水中它就舒展开来，每一根都张开着，在这冬天碧清的湖水里摇晃，犹如微风吹拂中的情景。冬天的湖水清澈透明，就像睡眠一样安静，没有蝌蚪与青蛙的喧哗，水只是荡漾着，波浪布满了湖面，恍若一排排鱼鳞在阳光下发出跳跃的闪光。于是，王香火看到了光芒在波动，阳光在湖面上转化成了浪的形状，它的掀动仿佛是呼吸正在进行。看不到一只船影，湖面干净得像是没有云彩的天空，那些竹篱笆在水面上无所事事，它们钻出水面只是为了眺望远处的景色，看上去它们都伸长了脖子。

已经走过了最后一座桥，那些木桥即将溃烂，过久的风吹雨淋使它们被踩着时发出某种水泡冒出的声响，这是衰落的声响，它们丧失了清脆的响声，将它们扔入水中，它们的命运会和石子一样沉没，即便能够浮起来，也只是昙花一现。

王香火疑惑地望着支撑它们的桥桩,这些在水里浸泡多年的木桩又能支持多久?这座漫长的木桥通向对岸,显示了鸡蛋般的弧形,那是为了抵挡缓和浪的冲击。

对岸在远处展开,逆光使王香火看不清那张开的堤岸,但他看到了房屋,房屋仿佛漂浮在水面上,它们在强烈的照耀中反而显得暗淡无光。似乎有些人影在那里隐约出现,犹如蚂蚁般汇聚到一起。日本兵一个一个从地上站起来,拍打身上的尘土,指挥官吆喝了一声,这些日本兵慌乱排成了两队,将枪端在了手上。翻译官问王香火:

"到松篁还有多远?"

到不了松篁了,王香火心想。现在,他已经实实在在地站在孤山的泥土上,这四面环水的孤山将是结束的开始,唯有这座长长的木桥,可以改变一切。但是不久之后,这座木桥也将消失。他说:

"快到了。"

翻译官和日本兵指挥官说了一阵,然后对王香火说:

"太君说很好,你带我们到松篁后重重有赏。"

王香火微低着头,从两队日本兵身旁走过去,那些因为年轻而显得精神抖擞的脸沾满了尘土,连日的奔波并没有使他们无精打采,他们无知的神态使王香火内心涌上一股怜悯。他走到了前面,走上了一条可以离开水的小路。

这里的路也许因为人迹稀少,显得十分平坦,完全没有雨后众多脚印留下的坎坷。他听到身后那种训练有素的脚步声，就像众多螃蟹爬上岸来一样沙沙作响，尘土扬起来了，黄色的尘土向两旁飘扬而起。那些冬天里枯萎了的树木，露出仿佛布满伤疤的枝丫，向他们伸出，似乎是求救，同时又是指责。

路的弯曲毫无道理，它并没有遭受阻碍，可它偏偏要从几棵树后绕过去。茂密的草都快摸到膝盖了，它们杂乱地纠缠到一起，互相在对方身上成长，冬天的萧条使它们微微泛黄，丧失了光泽的杂草看上去更让人感到是胡乱一片。

王香火此刻的走去已经没有目标，只要路还在延伸，他就继续往前走，四周是那样地寂静，听不到任何来到的声音，只有日本兵整齐的脚步和他们偶尔的低语。他抬头看了看天空，天空进入了下午，云层变得稀薄，阳光使周围的蓝色淡到难以分辨，连一只鸟都看不到，什么都没有。

后来，他们站住了脚，路在一间茅屋前突然终止。低矮的茅屋像是趴在地上，屋檐处垂落的茅草都接近了泥土。两个端着枪的日本兵走上去，抬脚踹开了屋门。王香火看到了另一扇门，在里面的墙壁上。这一次日本兵是用手拉开了门，于是刚才中断的路在那一扇门外又开始了。

翻译官说："这他娘的是什么地方？"

王香火没有搭理，他穿过茅屋走上了那条路。日本兵习惯地跟上了他，翻译官左右看看，满腹狐疑地说：

"怎么越走越不对劲？"

过了一会儿,他们又走到了湖边,王香火站立片刻,确定该往右侧走去,这样就可以重新走回到那座木桥边。

王香火又见到岸边的青草爬入湖水后的情景,湖面出现了一片阴沉,仿佛黑夜来临之时,而远处的湖水依然呈现阳光下的灿烂景色。是云层托住了阳光,云层的边缘犹如树叶一般,出现了耀目的闪光。

他听到身后一个日本兵吹起了口哨,起先是随随便便吹了几声,而后一支略为激昂的小调突然来到,向着阴沉的湖面扩散。王香火不禁回头张望了一下,看了看那个吹口哨的日本兵,那张满是尘土的脸表情凝重。年轻的日本兵边走边看着湖水,他并不知道自己吹出了家乡的小调。逐渐有别的日本兵应声哼唱起来,显然他们也不知道自己的哼唱。这支行走了多日的队伍,第一次让王香火没有听到那沙沙的脚步声,汇合而成的低沉激昂的歌声,恍若手掌一样从后面推着王香火。

现在,王香火远远看到了那座被拆毁的木桥,它置身于一片阴沉之中,断断续续,像是横在溪流中的一排乱石。有十多条小船在湖面上漂浮,王香火听到了橹声,极其细微地飘入他耳中,就像一根丝线穿过针眼。

身后的日本兵哇哇叫喊起来,他们开始向小船射击,小船摇摇晃晃爬向岸边,如同杂草一样乱成一片。枪击葬送了船橹的声音,看着宽阔湖面上断裂的木桥,王香火凄凉地笑了笑。

十二

　　孙喜来到孤山对岸的时候，那片遮住阳光的云彩刚好移过来，明亮的湖面顿时阴暗下来，对岸的孤山看上去像只脚盆浮在水上。

　　当地的人开始在拆桥了，十多条小船横在那些木桩前，他们举着斧子往桥墩和桥梁上砍去，那些年长日久的木头在他们砍去时，折断的声音都是沉闷的。孙喜看到一个用力过猛的人，脆弱的桥梁断掉后，人扑空似的掉落水中，溅起的水珠犹如爆炸一般四处飞射。那人从水里挣扎而出，大喊：

　　"冻死我啦！"

　　近处的一条船摇了过去，把他拉上来，他裹紧湿淋淋的棉袄仿佛哭泣似的抖动不已。另一条船上的人向他喊：

　　"脱掉，赶紧脱掉。"

　　他则东张西望了一阵，一副担惊受怕的模样。他身旁一人把他抱住的双手拉开，将他的棉袄脱了下来，用白酒洒到他身上。他就直挺挺地站立在摇晃的小船上，温顺地让别人摆布他。他们用白酒擦他的身体。

　　这情景让孙喜觉得十分有趣，他看着这群乱糟糟的人，在湖上像砍柴一样砍着木桥。有两条船都快接近对岸了，他们在那边举斧砍桥。这里的人向他们拼命喊叫，让他们马上回来。那边船上的人则朝这里招手，要让他们也过去，喊道：

"你们过来!"

孙喜听到离他最近一条船上的人在说:

"要是他们把船丢给日本人,我们全得去见祖宗。"

有一个人喊起来了,嗓门又尖又细,像个女人,他喊:

"日本人来啦!"

那两条船上的人慌乱起来,掉转船头时撞到了一起,而后拼命地划了过来,船在水里剧烈地摇晃,似乎随时都会翻转过去。待他们来到跟前,这里的人哈哈大笑。他们回头张望了片刻,才知道上当,便骂道:

"他娘的,把我们当女人骗了。"

孙喜笑了笑,朝他们喊:

"喂,我家少爷过去了吗?"

没有人搭理他。桥已经断裂了,残木在水中漂开去,时沉时浮,仿佛是被洪水冲垮的。孙喜又喊了一声,这时有一人向他转过脸来问他:

"喂,你是在问谁?"

"问你也行。"孙喜说,"我家少爷过去了吗?"

"你家少爷是谁?"

"安昌门外的王家少爷。"

"噢——"那人挥挥手,"过去啦。"

孙喜心想我可以回去禀报了,就转身朝右边的大路走去。那人喊住他:

"喂，你往哪里走？"

"我回家呀。"孙喜回答，"去洪家桥，再去竹林。"

"拆掉啦。"那人笑了起来，"那边的桥拆掉啦。"

"拆掉了？"

"不就是你家少爷让我们拆的吗？"

孙喜怒气冲冲喊起来：

"那我他娘的怎么办？"

另一个笑着说：

"问你家少爷去吧。"

还是原先那人对他说：

"你去百元看看，兴许那边的桥还没拆。"

孙喜赶紧走上左侧的路，向百元跑去。这天下午，当地主家的雇工跑到百元时，那里的桥刚刚拆掉，几条小船正向西划去。孙喜急得拼命朝他们喊：

"喂，我怎么过去？"

那几条小船已经划远了，孙喜喊了几声没人搭理，就在岸边奔跑起来，追赶那几条船。因为顺水船划得很快，孙喜破口大骂：

"乌龟王八蛋，慢点儿！狗娘养的，慢点儿！老子跑不动啦。"

后来，孙喜追上了他们，在岸边喘着粗气向他们喊：

"大哥，几位大哥，行行好吧，给兄弟摆个渡。"

船上的人问他：

"你要去哪里？"

"我回家，回安昌门。"

"你走冤路啦，你该去洪家桥才对。"

孙喜费劲地吞了一口口水，说：

"那边的桥拆掉了，大哥，行行好吧。"

船上的人对他说："你还是往前跑吧，前面不远有一座桥，我们正要去拆。"

孙喜一听前面有一座桥，立刻又撒腿跑开了，心想这次一定要抢在这些王八羔子前面。跑了没多久，果然看到前面有一座桥，再看看那几条船，已被他甩在了后面。他就放慢脚步，向桥走了过去。

他走到桥中间时，站了一会儿，看着那几条船划近，然后才慢吞吞地走到对岸，这下他彻底放心了，便在草坡上坐下来休息。

那几条船划到桥下，几个人站起来用斧子砍桥桩。一个使橹的人看了一眼孙喜，叫道：

"你怎么还不走？"

孙喜心想现在我爱干什么就干什么，他正要这么说，那人告诉他：

"你快跑吧，这里去松篁的桥也快要拆掉了，还有松篁去竹林的桥，你还不跑？"

还要拆桥？孙喜吓得赶紧跳起来，撒开腿像一条疯狗似的跑远了。

十三

地主站在屋前的台阶上，手里捏着一串铜钱，他感到孙喜应该来了。

此刻，傍晚正在来临，落日的光芒通红一片，使冬天出现了暖意。王子清让目光越过院墙，望着一条微微歪曲的小路，路的尽头有一片晚霞在慢慢浮动，一个人影正从那里跑来，孙喜卖力的跑动使地主满意地点点头。

他知道屋中两个悲伤的女人此刻正望着他，她们急切地盼着孙喜来到，好知道那孽子是活是死。她们总算知道哭泣是一件劳累的事了，她们的眼泪只是为自己而流。现在她们不再整日痛哭流涕，算是给了他些许安宁。

孙喜大汗淋漓地跑了进来，他原本是准备先向水缸跑去，可看到地主站在面前，不禁迟疑了一下，只得先向地主禀报了。他刚要开口，地主摆了摆手，说道：

"去喝几口水吧。"

孙喜赶紧到水缸前，咕噜咕噜灌了两瓢水，随后抹抹嘴喘着气说：

"老爷,没桥了。少爷把他们带到了孤山,桥都拆掉了,从竹林出去的桥都拆掉了。"

他向地主咧咧嘴,继续说:

"我差点儿就回不来了。"

地主微微抬起了头,脸上毫无表情,他重又看起了那条小路。身后爆发了女人喊叫般的哭声,哗啦哗啦犹如无数盆水那样从门里倒出来。

孙喜不知所措地站在那里,眼睛盯着地主手里的铜钱,心想怎么还不把赏钱扔过来,他就提醒地主:

"老爷,我再去打听打听吧。"

地主摇摇头,说:

"不用了。"

说着,地主将铜钱放回口袋,他对大失所望的雇工说:

"孙喜,你也该回家了,你就扛一袋米回去吧。"

孙喜立刻从地主身旁走入屋内,两个女人此刻同时出来,对地主叫道:

"你再让孙喜去打听打听吧。"

地主摆摆手,对她们说:

"不必了。"

孙喜扛了一袋米出来,将米绑在扁担的一端,往肩上试了试,又放下。他说:

"老爷,一头重啦。"

地主微微一笑，说：

"你再去拿一袋吧。"

孙喜哈哈腰说道：

"谢了，老爷。"

十四

"你们到不了松篁了。"王香火看着那些小船在湖面上消失，转过身来对翻译官说，"这地方是孤山，所有的桥都拆掉了，你们一个也出不去。"

翻译官惊慌失措地喊叫起来，王香火看到他挥拳准备朝自己打来，可他更急迫的是向日本兵指挥官叽里呱啦报告。

那些年轻的日本兵出现了惊愕的神色，他们的脸转向宽阔的湖水，对自己身陷绝境显得难以置信。后来一个算是醒悟了的日本兵端起刺刀，哇哇大叫着冲向王香火，他的愤怒点燃了别人的仇恨，立刻几乎所有的日本兵都端上刺刀大叫着冲向王香火。指挥官吆喝了一声后，日本兵迅速收起刺刀挺立在那里。指挥官走到王香火面前，举起拳头哇哇咆哮起来，他的拳头在王香火眼前挥舞了好一阵，才狠狠地打出一拳。

王香火没有后退就摔倒在地，翻译官走上去使劲地踢了他几脚，叫道：

"起来,带我们去松篁。"

王香火用胳膊肘撑起身体,站了起来。翻译官继续说:

"太君说,你想活命就带我们去松篁。"

王香火摇了摇头说:

"去不了松篁了,所有的桥都拆掉了。"

翻译官给了王香火一耳光,王香火的脑袋摇摆了几下,翻译官说:

"你他娘的不想活啦?"

王香火听后低下了头,喃喃地说:

"你们也活不了。"

翻译官脸色惨白起来,他向指挥官说话时有些结结巴巴。日本兵指挥官似乎仍然没有意识到自己的困境,他让翻译官告诉王香火,要立刻把他们带离这里。王香火对翻译官说:

"你们把我杀了吧。"

王香火看着微微波动的湖水,对翻译官说:

"就是会游泳也不会活着出去,游到中间就会冻死。你们把我杀了吧。"

翻译官向指挥官说了一通,那些日本兵的脸上出现了慌张的神色,他们都看着自己的指挥官,把自己的命运交给这个和他们一样不知所措的人。

站在一旁的王香火又对翻译官说:

"你告诉他们,就是能够到对岸也活不了,附近所有的桥都拆掉了。"

然后他笑了笑，似乎有些不好意思地说：

"是我让他们拆的。"

于是那队年轻的日本兵咆哮起来，他们一个个端上了刺刀，他们满身的泥土让王香火突然感到有些悲哀，他看到的仿佛只是一群孩子而已。指挥官向他们挥了挥手，又说了一些什么，两个日本兵走上去，将王香火拖到一棵枯树前，然后用枪托猛击王香火的肩膀，让他靠在树上，王香火疼得直咧嘴。他歪着脑袋看到两个日本兵在商量着什么，另外的日本兵都在望着宽阔的湖水，看上去忧心忡忡的，他们毫不关心这里正在进行的事。他看到两个日本兵排成一行，将刺刀端平走了上来。阳光突然来到了，一片令人目眩的光芒使眼前的一切灿烂明亮，一个日本兵端着枪在地上坐了下去，他脱下了大衣放到膝盖上，然后低下了头，另一个日本兵走上去拍拍他瘦弱的肩膀，他没有动，那人也就在他身旁站着不动了。

端着刺刀的两个日本兵走到五六米远处站住脚，其中一个回头看看指挥官，指挥官正和翻译官在说话。他就回头和身旁的日本兵说了句什么。王香火看到有几个日本兵脱下帽子擦起了脸上的尘土，湖面上那座破碎不堪的断桥也出现了闪光。

那两个日本兵哇哇叫着冲向王香火，这一刻有几个日本兵回头望着他了。他看到两把闪亮的刺刀仿佛从日本兵下巴里长出来一样，冲向了自己。随即刺入了胸口和腹部，他感到刺刀

在体内转了一圈,然后又拔了出来。似乎是内脏被挖了出来,王香火沙哑地喊了一声:

"爹啊,疼死我了!"

他的身体贴着树木滑到地上,扭曲着死在血泊之中。

日本兵指挥官喊叫了一声,那些日本兵立刻集合到一起,排成两队。指挥官挥了一下手,他们"沙沙"地走了起来。中间一人用口哨吹起了那支小调,所有的人都低声唱了起来。这支即将要死去的队伍,在傍晚来到之时,唱着家乡的歌曲,走在异国的土地上。

十五

孙喜挑着两袋大米吱呀吱呀走后,王子清慢慢走出院子,双手背在身后,在霞光四射的傍晚时刻,缓步走向村前的粪缸。冬天的田野一片萧条,鹤发银须的王子清感到自己走得十分凄凉,那些枯萎的树木恍若一具具尸骨,在寒风里连颤抖都没有。一个农民向他弯下了腰,叫一声:

"老爷。"

"嗯。"

他鼻子哼了一下,走到粪缸前,撩起丝绸长衫,脱下裤子后一脚跨了上去。他看着那条伸展过去的小路,路上空空荡荡，只有夜色在逐渐来到。不远处一个上了年纪的农民正在刨地，锄头一下一下落进泥土里，听上去有气无力。这时，他感到自己哆嗦的腿开始抖动起来，他努力使自己蹲得稳一点儿，可是力不从心。他看看远处的天空，斑斓的天空让他头晕眼花，他赶紧闭上眼睛，这个细小的动作使他从粪缸上栽了下去。

地主看到那个农民走上前来问他：

"老爷，没事吧？"

他身体靠着粪缸想动一下，四肢松软得像是里面空了似的。他就费劲地向农民伸出两根手指，弯了弯。农民立刻俯下身去问道：

"老爷，有什么吩咐？"

他轻声问农民：

"你以前看到过我掉下来吗？"

农民摇摇头回答：

"没有，老爷。"

他伸出了一根手指，说：

"第一次？"

"是的，老爷，第一次。"

地主轻轻笑了起来，他向农民挥挥手指，让他走开。老年农民重新走过去刨地了。地主软绵绵地靠着粪缸坐在地上，夜色犹如黑烟般逐渐弥漫开来，那条小路还是苍白的。有女人吆喝的声音远远飘来，这声音使他全身一抖，那是他妻子年轻时的声音，正在召唤贪玩的儿子回家。他闭上了眼睛，看到无边无际的湖水从他胸口一波一波地涌了过去，云彩飘得太低了，像是风一样从水面上卷过来。他看到了自己的儿子心不在焉地向他走来，他在心里骂了一声——这孽子。

地主家的两个女人在时深时浅的悲伤里，突然对地主一直没有回家感到慌乱了，那时天早已黑了，月光明亮地照耀而下。两个小脚女人向村前磕磕绊绊地跑去，嘴里喊叫着地主，没有得到回答的女人立刻用哭声呼唤地主。她们的声音像是啼叫的夜鸟一样，在月光里飞翔。当她们来到村口粪缸前时，地主歪着身体躺在地上已经死去了。

一九九二年七月二十日

附 录

我胆小如鼠

我为何写作

二十年前,我是一名牙科医生,在中国南方的一个小镇上手握钢钳,每天拔牙长达八个小时。

在我们中国,过去牙医属于跑江湖一类,通常和理发的或者修鞋的为伍,在繁华的街区撑开一把油布雨伞,将钳子、锤子等器械在桌上一字排开,同时也将以往拔下的牙齿一字排开,以此招徕顾客。这样的牙医都是独自一人,不需要助手,和修鞋匠一样挑着一副担子游走四方。

我是他们的继承者。虽然我在属于国家的医院里工作,但是我的前辈们都是从油布雨伞下走进医院的楼房,没有一个来自医学院。我所在的医院以拔牙为主,只有二十来人,因牙痛难忍前来治病的人都把我们的医院叫成"牙齿店",很少有人认为我们是一家医院。与牙科医生这个现在已经知识分子化的职业相比,我觉得自己其实是一名店员。

我就是从那时候开始写作的。我在"牙齿店"干了五年,观看了数以万计的张开的嘴巴,我感到无聊至极。当时,我经常站在临街的窗前，看到在文化馆工作的人整日在大街上游手好闲地走来走去，心里十分羡慕。有一次，我问一个在文化馆工作的人为什么经常在大街上游玩，他告诉我，这就是他的工作。我心想这样的工作倒是很适合我。于是我决定写作，我希望有朝一日能够进入文化馆。当时进入文化馆只有三条路可走：一是学会作曲；二是学会绘画；三就是写作。对我来说，作曲和绘画太难了，而写作只要认识汉字就行，我只能写作了。

现在，我已经有十五年的写作历史了，我已经知道写作会改变一个人，会将一个刚强的人变得眼泪汪汪，会将一个果断的人变得犹豫不决，会将一个勇敢的人变得胆小怕事，最后就是将一个活生生的人变成了一位作家。我这样说并不是为了贬低写作，恰恰是为了要说明文学或者说写作对于一个人的重要性。因为文学的力量就在于软化人的心灵，写作的过程直接助长了这样的力量，它使作家变得越来越警觉和伤感的同时，也使他的心灵经常地感到柔弱无援。他会发现自己深陷其中的世界与四周的现实若即若离，而且格格不入。

然后他就发现自己已经具有了与众不同的准则，或者说是完全属于他自己的理解和判断，他感到自己的灵魂具有了无孔不入的本领，他的内心已经变得异常丰富。这样的丰富就来自长时间的写作，来自身体肌肉衰退后警觉和智慧的茁壮成长，而且这丰富总是容易受到伤害。

我胆小如鼠

因为众所周知的原因，我这一代人是在没有文学的环境里成长起来的。当我成年以后，我开始喜爱文学的时候，正是中国对文学解禁的时代，我至今记得当初在书店前长长的购书人流，这样的情景以后我再没有见到。这是无数人会聚起来的饥渴，是一个时代对书籍的饥渴，我置身其间，就像一滴水汇入大海一样，我一下子面对浩如烟海的文学，我要面对外国文学、中国古典文学和中国的现代文学，我失去了阅读的秩序，如同在海上看不见陆地的漂流，我的阅读更像是生存中的挣扎，最后我选择了外国文学。我的选择是一位作家的选择，或者说是为了写作的选择，而不是生活态度和人生感受的选择。因为只有在外国文学里，我才真正了解写作的技巧，然后通过自己的写作去认识文学有着多么丰富的表达，去认识文学的美妙和乐趣，虽然它们反过来也影响了我的生活态度和人生感受，然而始终不是根本的和决定性的。因此，作为一个中国人，我一直以中国的方式成长和思考，而且在今后的岁月里我也将一如既往；然而作为一位中国作家，我却有幸让外国文学抚养成人。除了我们自己的语言，我不懂其他任何语言，但是我们中国有一些很好的翻译家，我很想在这里举出他们的名字，可是时间不允许我这样做。我就是通过他们的出色的翻译，才得以知道我们这个世界上的文学是多么辉煌。

我要说的是文学的力量就在这里，在一切伟大作家的叙述里，在那些转瞬即逝的意象和活生生的对白里，在那些妙不可言同时又真实可信的描写里……这些都是由那些柔弱同时又无比丰富和敏感的心灵创造的,让我们心领神会、激动失眠,让我们远隔千里仍然互相热爱,让我们生离死别后还是互相热爱。但丁告诉我们:人是承受不幸的方柱体。在这个世界上,还有什么物体能够比方柱体更加稳定可靠?

一九九七年十一月十三日

我胆小如鼠

文学中的现实

什么是文学中的现实？我要说的不是一列火车从窗前经过，不是某一个人在河边散步，不是秋天来了树叶就掉了，当然这样的情景时常出现在文学的叙述里，问题是我们是否记住了这些情景。当火车经过以后不再回到我们的阅读里，当河边散步的人走远后立刻被遗忘，当树叶掉下来读者无动于衷，这样的现实虽然出现在了文学的叙述中，它仍然只是现实中的现实，仍然不是文学中的现实。

我在中国的小报上读到过两个真实的事件，我把它们举例出来，也许可以说明什么是文学中的现实。两个事件都是令人不安的，一个是两辆卡车在国家公路上迎面相撞，另一个是一个人从二十多层的高楼上跳下来。这样的事件在今天的中国几乎每天都在发生，已经成为记者笔下的陈词滥调。可是它们引起了我的关注，这是因为两辆卡车相撞时，发出的巨大响声将公路两旁树木上的麻雀纷纷震落在地；而那个从高楼跳下来自杀身亡的人，由于剧烈的冲击使他的牛仔裤都绷裂了。麻雀被

241

震落下来和牛仔裤绷裂，使这两个事件一下子变得与众不同，变得更加触目惊心，变得令人难忘，我的意思是说让我们一下子读到了文学中的现实。如果没有那些昏迷或者死亡的麻雀铺满了公路的描写，没有牛仔裤绷裂的描写，那么两辆卡车相撞和一个人从高楼跳下来的情景，即便是进入了文学，也是很容易被阅读遗忘，因为它们没有产生文学中的现实，它们仅仅是让现实事件进入了语言的叙述系统而已。而满地的麻雀和牛仔裤的绷裂的描写，可以让文学在现实生活和历史事件里脱颖而出，文学的现实应该由这样的表达来建立。如果没有这样的表达，叙述就会沦落为生活和事件的简单图解。这就是为什么生活和事件总是转瞬即逝，而文学却是历久弥新。

我们知道文学中的现实是由叙述语言建立起来的，我们来读一读意大利诗人但丁的诗句。在那部伟大的《神曲》里，奇妙的想象和比喻、温柔有力的结构、从容不迫的行文，让我对《神曲》的喜爱无与伦比。但丁在诗句里这样告诉我们："箭中了目标，离了弦。"但丁在诗句里将因果关系换了一个位置，先写箭中了目标，后写箭离了弦，让我们一下子读到了语言中的速度。仔细一想，这样的速度也是我们经常在现实生活中可以感受到的，问题是现实的逻辑常常制止我们的感受能力，但丁打破了原有的逻辑关系后，让我们感到有时候文学中的现实会比生活中的现实更加真实。

另一位作家叫博尔赫斯，是阿根廷人，他对但丁的仰慕不亚于我。在他的一篇有趣的故事里，写到了两个博尔赫斯：一个六十多岁，另一个已经八十高龄了。他让两个博尔赫斯在漫长旅途中的客栈相遇，当年老的博尔赫斯说话时，让我们看看他是如何描写声音的，年轻一些的博尔赫斯这样想："是我经常在我的录音带上听到的那种声音。"

将同一个人置身到两种不同时间里，又让他们在某一个相同的时间和相同的环境里相遇，毫无疑问这不是生活中的现实，这必然是文学中的现实。我也在其他作家的笔下读到过类似的故事：让一个人的老年时期和自己的年轻时期相遇，再让他们爱上同一个女人，互相争夺又互相礼让。这样的花边故事我一个都没有记住，只有博尔赫斯的这个故事令我难忘，当年老的那位说话时，让年轻的那位觉得是在听自己声音的录音。我们可以想象这是什么样的声音，苍老和百感交集的声音，而且是自己将来的声音。录音带的转折让我们读到了奇妙的差异，这是隐藏在一致性中的差异，正是这奇妙的差异性的描写，让六十多岁的博尔赫斯和八十岁的博尔赫斯的相遇变得真实可靠，当然这是文学中的真实。

在这里录音带是叙述的关键，或者说是出神入化的道具，正是这样的道具使看起来离奇古怪的故事有了现实的依据，也就是有了文学中的现实。

二〇〇三年三月十九日

读客当代文学文库

余华新版访谈录：
我曾是千千万万个敏感怯懦的孩子中的一个，《我胆小如鼠》是我们共同的自传！

我的"成长三部曲"

1. 我曾是千千万万个敏感怯懦的孩子中的一个，这是我们共同的自传

我觉得这是一个抽象概念上的"我们共同的自传"。

本书收录的《我胆小如鼠》《四月三日事件》和《夏季台风》，可以说是我中篇小说里面的**"成长三部曲"**。因为里面的主人公都是少年，写的就是所有少年在成长过程中可能会有的经历。年轻人能在里面获得正在经历的共鸣，已经度过了那个阶段的人能够在其中找到自己的回忆。

2. 成长是容易的事情吗

成长是容易的事情吗？我觉得对谁来说都不容易，我们那个时代跟今天完全不一样。我们那个时代没有"输在起跑线上"这样的说法，因为那个时代大家对学习没那么重视，也没有高中毕业以后必须考大学这一说。但是我们那个时代有一种特殊的生存压力，所以我觉得任何时代的成长都不太容易。

《我胆小如鼠》里的孩子就是一个在成长过程中心灵受到创伤的孩子，他的创伤源于他目睹了他父亲命运的结局，这个创伤对他来说是会影响一生的。这个孩子他胆怯，但同时又充满了自尊。我写这篇小说的时候也就三十出头，还很年轻，那个时候特别想写自己的少年和青春时期，写那个时期所遇到的让我感到不安的东西。我没有兴趣去写让我感到欢乐的东西，因为那个时候欢乐不值钱。而当我写下自己少年时期的不安、惶恐和紧张时，我会觉得那才是我真正的少年时期，我终于度过了它，然后会有一种幸存感，如释重负的感觉，这种感觉特别美好，是一种"死里逃生"的感觉。

3. 成长会带来"死里逃生"的幸福感

"死里逃生"的幸福感在我这里是一种比喻。当你一帆风顺的时候，获得的幸福感是转瞬即逝的，你会忘掉它的；但当你遇到一个重大的挫折，你原本以为自己很难度过它，甚至可能被这个挫折击垮的时候，你忽然发现自己战胜了它，这个时

候获得的幸福感你会铭记一生。

人生要有挫折感，要有《我胆小如鼠》《四月三日事件》里面始终怀疑这个世界的态度。《四月三日事件》写的就是主人公在童年时期起便对世界感到不理解；到了少年时期，他开始对世界有所理解，并发现整个世界对他不利，所以他最后跳上了一辆运煤的火车，躺在一堆煤上面的时候，他觉得自己逃离了，于是产生了一种油然而生的逃离的幸福感。在生活中也是这样，如果一个人一直在很幸福的环境里生活，那他往往会对幸福感到麻木；而当一个人不断遇到困难、挫折，他在困难消失、挫折被他打败的时候所品尝到的那种幸福感，往往才是真正的幸福，哪怕它只有很小一点儿。这就是我所说的那种"死里逃生"的幸福感，那是真正的幸福感，是我们人类最好的幸福。

恐惧和欢乐并存的童年

4. 胆小如鼠是人的一个很好的出发点

我就很愿意承认我胆小如鼠，因为**胆小如鼠是人的一个很好的出发点**。这个时候，随着我们的胆子越来越大，我们将更敢于探索，敢于去做以前没有把握的事情，**往往是没有把握的**

我胆小如鼠

事情，可能会给我们带来一个全新的世界。

我小时候特别胆小，我母亲告诉我，以前送我上托儿所，我可以连着好几天都坐在位置上不动。有一个夏天，我母亲给我买了一顶小草帽，我到了托儿所以后，我的老师就帮我把草帽摘下来，挂在墙上的钉子上面。那时的我胆小到不敢说话，以至于我母亲来接我回家的时候，我死活不走，因为我的草帽还在那个墙上，老师还没有取下来还给我，但我不敢说。我母亲就很奇怪，任凭她怎么拉我，我都不走。这个时候老师才想起我的草帽，她把草帽一还给我，我马上就跟我母亲回家了。

我哥哥小时候反而是无法无天的，他打架是出了名地厉害，所以小时候我要是出去跟人家打架，我一说我哥哥是谁，别人马上就不敢跟我打了。但我后来发现：**一个人如果小时候是"胆小如鼠"的人，他长大以后很可能会变成一个胆大包天的人；小时候胆大包天的那帮孩子，长大以后很可能都是胆小鬼。**现在我跟我哥哥调了个位置，我变得胆子越来越大了，他却变得特别谨慎、胆小如鼠了。

5. 我的童年是恐惧和欢乐并存的，所以我的作品也是恐惧和欢乐并存的

我一直觉得童年是一个整体，那是一段恐惧和欢乐并存的岁月。

我印象很深的一个例子是，有天晚上我和我哥哥已经睡下

了，我父母突然神色慌张地从外面回来，把我们叫醒了。虽然我和我哥哥不知道发生了什么，但因为在那个特殊的年代，我们都很害怕，那种恐惧感我到现在还记得。我们被父母带到了一个房子里集中起来，到了那里，我发现白天在一起玩的小伙伴全在那儿。对一个孩子来说，最快乐的是什么呢？就是哪怕已经深更半夜了，我还可以继续玩，那种快乐是大人们无法理解的。我身边的很多人，在自己成年之后便不再能理解孩子的快乐；不过我儿子小时候却被我惯坏了，经常深更半夜还在玩，因为我太能理解那种对于孩子来说，该睡觉的时候还可以继续玩的那种快乐和幸福感了。

所以对我来说，我的童年是恐惧和欢乐并存的一个童年，我的作品也是恐惧和欢乐并存的。但是欢乐必须是在恐惧的后面，这个是最重要的，《我胆小如鼠》《十八岁出门远行》《河边的错误》都是这样。就是因为前面有恐惧，所以后来得到的欢乐是欢乐中的欢乐，是高一个档次的欢乐；假如前面没有恐惧，那么欢乐就不会有这么强烈。**所以尽量去恐惧中寻找欢乐的结尾，而不要在欢乐中寻找恐惧的结尾。**《十八岁出门远行》就是从欢乐出发，经历了恐惧，然后又重新找到了欢乐，虽然这种欢乐是变质了的欢乐，但这种欢乐却让少年心安，因为那个汽车的驾驶室就是他的"旅店"。

怯懦是一种美德,敏感会带来发现

6. 最难忘的是那些失败的经历

《十八岁出门远行》对我来说是真正意义上的一次成功。因为在那之前,发表小说还是蛮困难的,《十八岁出门远行》之后就一片坦途。所以当别人问我,我这辈子最幸福的时刻是什么时,我说就是《十八岁出门远行》之后,因为我发现自己不愁没地方发小说了,那种成功的感觉是后来所有的成功都无法替代的。

《十八岁出门远行》让我充分自信,后来我又写了《我胆小如鼠》。人往往在顺利的时候,更愿意去面对自己失败的那些部分。如果一个人始终处于失败中,他大概率是不想面对失败的,所有人都一样。我也一样,因为我经历过很多很多的失败,当我在失败的时刻,我并不愿意去面对我失败的那些东西。**但当我在获得胜利的时刻,我特别想去面对我失败的那些经历,因为觉得失败的经历特别美好。很奇怪,当你胜利以后再回想,你会觉得最难忘的是你那些失败的经历。**这些失败的经历造就了你后来的成功。所以"失败是成功之母"这句老话说得一点儿都没错。

7. 时间会治愈所有伤口

但我现在依然会有一些敏感、自卑、怯懦的时刻，人的那种挫败感是会伴随一生的。我以前说"怯懦是一种美德"，因为我觉得**人就是因为有恐惧感，有一种怯懦感，有一种不安感，有一种敬畏感，所以我们人才会变得越来越善良**，我们才会知道什么事情是自己可以做的，什么事情是不能做的。其实**敏感也是一种重要的品质。因为敏感才会带来发现**，而发现是我们生活中非常重要的一项内容。

人在生活中可能时不时会有那么一些敏感脆弱的时刻，这个时候最好的做法就是不要去想，**不要想的最好的办法是不要说。时间会治愈所有伤口，是我们人生中最强大的免疫力。**我们遇到的很多挑战，都不是我们主动去找的，而是我们不得不面对的。例如《十八岁出门远行》中那个少年的遭遇，它是躲不了的，他只能去寻找旅店，因为天黑了。当我遇到让我特别难受的事情的时候，我的方法就是坐下来安安静静地写小说，进入虚构的世界，忘掉现实的世界，不让自己闲下来。因为如果我闲下来，我脑子里就会反复去想这个事情；但是当我去做一份工作，而且又是一份我擅长的工作，我就会沉浸其中。**有时候工作就是最好的治疗方式。**

我依然在"十八岁出门远行"

8. 我们要改变这个世界,而不是仅仅停留在理解这个世界

时至今日,我觉得自己还是像《十八岁出门远行》中的那个少年那样,想去看看这个世界是什么样的,还处于**自己人生的"十八岁出门远行"之中。我对我自己最满意的一点,就是我始终抱有我年轻时候的那份好奇心,我对什么事情都充满了好奇。对什么事情都想去了解,这是一个人能够继续往前走的一种必然的条件。**

我小时候在《人民日报》上看过马克思《关于费尔巴哈的提纲》中的一句话,后来我有一年去柏林,当时洪堡大学邀请我去演讲,我和翻译高立希一起进入洪堡大学主教学楼,马克思的那句话就在那儿,高立希给我翻译说"哲学家们只是用不同的方式解释世界,而问题在于改变世界"。因为这句话太了不起了,我当时听完后感觉自己好像信心倍增,充满勇气。

所以我觉得所有伟大的人物,哪怕到了晚年,他依然是在"十八岁出门远行",因为只有这样他才能够不断地去寻找真理,发现真理,而不故步自封。**我认为我也应该继续这样下去,我们要改变这个世界,而不是仅仅停留在理解这个世界。**

二〇二四年夏